Le Partenariat de Cupidon

Charlène Gros-Piron
Le Partenariat de Cupidon

Comédie fantastique et romantique

© 2022 Charlène Gros-Piron

Édition : BoD – Books on Demand,
info@bod.fr
Impression : BoD – Books on Demand, In de Tarpen 42, Norderstedt (Allemagne)
Impression à la demande

Illustration : Le Meridian

ISBN : 978-2-3224-5914-8
Dépôt légal : Octobre 2022

Pour que l'amour rayonne toujours.

Note : l'auteure n'a bu que de la tisane lors de l'écriture des lignes qui suivront…

1.

Elle s'assit sur les marches qui descendaient de Montmartre. Ou montaient, elle ne savait plus, au fond. Elle se sentait simplement descendre. Descendre dans un abîme de détresse…

Jessica renifla bruyamment, avant de se moucher sans élégance dans un vieux mouchoir qu'elle venait de retrouver dans sa poche de veste.

De toute façon, pourquoi se faire jolie ?

Rémi venait de l'abandonner. Après trois mois de relation. Le jour de la Saint Valentin ! Elle croyait pourtant que c'était le bon ! Elle se sentait bien… même si ce n'était pas parfait.

« En fait, je ne tiens pas à toi. »

Prétexte fumeux et toutefois unique pour justifier cette rupture ô combien inattendue. Et par texto ! Dire que ça faisait mal était un euphémisme. Elle aurait dû savoir lire son attitude, ses messages de plus en plus distants… débusquer le renard avant qu'il ne vienne la mordre au creux du mollet !

Sa meilleure amie l'avait pourtant prévenue à demi-mots que quelque chose ne tournait pas rond. L'amour rend néanmoins aveugle… et là, ça faisait un mal de chien !

Elle posa sa tête entre ses mains gelées. Le mois de février ne pardonnait pas, cette année.

— Paris, ville de l'amour…, marmonna-t-elle. Mon cul !

Jessica n'avait pas pour coutume d'être grossière, mais là, ça devait sortir. Son cœur semblait se disloquer en même temps qu'une apathie certaine se faufilait dans ses membres. Elle n'avait que très rarement connu ces impressions pendant lesquelles on ne savait plus quoi ressentir. On avait envie de ne rien faire, et pourtant le battant impulsait des choses tellement fortes qu'on rêvait intérieurement de taper dans un sac avec toute la hargne que l'on n'osait pas exprimer. C'était à n'y rien comprendre.

La journée avait pourtant bien commencé. Un rayon de soleil, des gens aimables autour d'elle… et même une petite carte sur son bureau ! De la part d'une de ses collègues qui avait offert la même à tous, mais l'intention l'avait fait sourire. Et puis, vers 18h, ce texto indiquant que tout était fini entre eux. Elle avait acheté de quoi préparer un joli repas aux chandelles dans son petit studio… elle n'aurait plus qu'à faire son saumon toute seule.

Elle se remémora le speech de ses parents qui avaient toujours clamé haut et fort que la Saint Valentin n'était qu'une fête commerciale. C'était facile à dire quand on était marié depuis plus de vingt ans ! Quand on est seul, on trouve de quoi oublier, en sortant avec des copines, ou en répondant aux gens :

« Je m'appelle Valentin ? Non, alors chut. »

Pour une fois qu'elle avait eu l'occasion de défier le mauvais sort et d'en vivre une en couple !

Elle tapa des pieds sur la marche qui les soutenait et grogna pour évacuer autre chose que des larmes. Un passant se retourna et marcha un peu plus vite. Des fois que cette malheureuse jeune femme eût été un vampire assoiffé de sang…

Remarquant cette trouille extérieure, Jessica lâcha un rire jaune et ramena une mèche de ses cheveux blonds striés de mèches brunes derrière son oreille droite.

Quelques instants se passèrent en silence, durant lesquels elle resta plongée dans ses pensées, comme pour mieux accepter la fatalité. Il n'était que vingt heures, elle avait encore tout le temps de déprimer. Et une soirée entière à affronter.

Elle soupira enfin, sécha ses dernières larmes et lâcha avec amertume :

— Connard de Cupidon.

L'instant d'après, elle sursauta d'un bon mètre en entendant un « pouf » accompagné d'un bruissement harmonique. Comme si une harpe venait de jouer à son côté.

Quelqu'un se tenait désormais près d'elle. Sur les marches descendantes de Montmartre. Enfin, montantes. Oh, et puis zut.

— Salut !

Un homme d'environ vingt-cinq ans la dévisageait avec amusement. Des yeux bruns pétillants, des cheveux blonds en bataille, un visage angélique et diablement tentant, et… pas si grand puisqu'il ne la dépassait pas d'une tête, tout en étant assis. Même si elle faisait un bon mètre soixante-dix. Il y avait cependant quelque chose en lui de détonnant et… de… surnaturel. Notamment le fait qu'il ne portait rien d'autre qu'un T-shirt sur un jean, en plein mois de février. Et qu'il venait littéralement d'apparaître dans un nuage de paillettes avec un bruissement de harpe.

Jessica ne répondit rien, se contentant de froncer les sourcils. Que…

— Je m'appelle Célian. Et toi, c'est ?

Il laissa planer un silence afin de lui permettre de répondre. Toujours rien.

— Ah ben zut, j'suis pas tombé sur une muette, quand même ? Ou une sourde, plutôt ? *Tu m'entends ?* demanda-t-il plus fort.

— Eh, ça va, j'suis pas bouchée ! répliqua Jess. Puis, les sourds n'entendent pas quand on hurle, banane !

— Tant mieux. C'est quoi ton nom ?

— Mais je t'en pose, des questions ?

— Je t'ai donné le mien, tu dois me donner le tien, c'est la règle.

— La règle ? répéta-t-elle, incrédule.

— Oui.

— Mais la règle de quoi ?

— Des partenariats de Cupidon.

— Hein ?

— Tu viens d'insulter l'emblème de la Saint Valentin, ma cocotte. Et le Big Boss n'aime pas trop. Alors il m'a envoyé. Pour te réconcilier avec lui, résuma brièvement Célian en penchant doucement la tête sur le côté.

— Cupidon ? questionna-t-elle, méfiante.

— Bravo, Einstein. On n'insulte pas le petit ange qui n'en est pas un pendant la fête des amoureux. Ça ne se fait pas.

Décidant que cette discussion n'avait aucun sens, la jeune femme se passa une main sur le visage et se leva d'un mouvement brusque avant de descendre quelques marches. La seconde d'après, sans avoir compris ni pourquoi ni comment, elle se trouvait de nouveau assise à côté de Célian, à son point de départ.

— Ce n'est pas parce que quelque chose sort de ton cadre habituel que tu dois le fuir, jeune fille, la sermonna-t-il.

— Comment tu as fait ça ?

— Donne-moi ton nom, ensuite on verra pour les explications.

— Jessica, répondit-elle finalement. Comment tu as fait ça ?

— J'ai claqué des doigts.

Il… quoi ? Non, non, tout ceci n'avait aucun sens.

— Si, si, je t'assure que j'ai juste claqué des doigts, comme ça.

Et Célian claqua effectivement des doigts… pour disparaître dans un nouveau nuage de poussière multicolore. Jessica hurla pendant une seconde, avant de se retrouver proprement bâillonnée des pieds à la tête.

Mais que…

— Non, mais ça va pas bien ? Tu veux nous faire repérer ?

La jeune femme cria sous son foulard, indignée et fortement effrayée. Il fallait dire aussi que d'autres l'auraient été à moins. Cette Saint Valentin était vraiment un jour pourri de chez pourri !

— Je sens que tu vas me donner du fil à retordre, Jessica ! Petite friponne !

Mais sur quel malade mental était-elle encore tombée ? Enfin, quel cinglé venait de lui tomber dessus, plutôt ?

Allait-elle se faire tuer ? Torturer ? Violer ?

Mue par un réflexe tout à fait humain mais parfaitement inutile, elle mugit bravement sous son bâillon. Comme si elle allait pouvoir prévenir quelqu'un ainsi… et puis, pourquoi cette descente (ou montée, zut, à la fin !) d'escaliers était-elle vide de passants juste quand ce Célian débarquait ? N'y avait-il donc aucun voisin, aucune personne pour remarquer la scène étrange qui se déroulait ? Ils étaient en plein Paris, quand même ! Une fille ligotée, ça aurait forcément flanqué un doute, hein ?

Le nouveau venu fronça les sourcils, claqua sa langue et exprima doucement sa désapprobation à la jeune femme en marmonnant :

— Non, non, ma jolie ! Ce n'est pas une attitude réceptive, ça ! On va finir par croire que je te malmène !

Son ton condescendant mais parfaitement assuré finit d'achever la pauvre malheureuse qui hurla une fois de plus sans succès.

— Bien. Allons autre part, veux-tu ?

Quoi ?

Elle sentit la main de Célian serrer fermement son bras sans pour autant lui faire mal. La harpe retentit encore, plus vive qu'auparavant et le duo fut enveloppé dans un nuage de paillettes multicolores.

2.

Trois secondes plus tard, Jessica contemplait seule un paysage déroutant que même son imagination n'aurait su créer d'elle-même.

Sous ses pieds, un pont rose et brillant, mais quelque peu collant – d'après la sensation de ses mains libres appuyées dessus – surmontant une rivière d'un liquide lui aussi rosé d'où émanait pourtant une forte odeur de fleur d'oranger. Elle observa, au bord du *blackout*, un crocodile en gélatine émerger pour en crever la surface et replonger dans un bruit léger. Mais où avait-elle atterri ? Et comment ?

Elle tourna la tête, sans trouver personne près d'elle. Où… pourquoi était-elle seule ? Qu'était devenu Célian ? Elle en regrettait presque sa présence alors qu'elle ne souhaitait que sa disparition quelques instants auparavant !

Une minute passa, troublée seulement par le clapotis des barbotements du crocodile en-dessous du pont. Jessica respira à fond, remit ses idées en place et se rendit compte que si son cœur restait brisé, disloqué, elle était plus en colère que ravagée. Elle s'apprêtait à insulter encore Cupidon, lorsqu'un bruit de harpe résonna dans un scintillement auquel elle allait finir par s'habituer, si ça continuait.

— Bienvenue au Pont des Bonbons ! s'exclama Célian d'une voix chaleureuse.

Il se tenait debout à côté d'elle, sans la regarder, admirant le paysage et le croco qui semblait réjoui de son apparition.

— Voici Harry Beau, expliqua-t-il en désignant la bestiole qui s'avançait hors du liquide. C'est le gardien des lieux.

Estomaquée, Jess lança une œillade d'incompréhension à son camarade d'infortune. Harry Beau. On nageait en plein délire.

— Je ne vous le fais pas dire, chère amie !

Tournant lentement la tête, la jeune femme contempla une peluche vivante aux couleurs rosées tirant parfois sur le rouge, dont le ventre était resté immaculé. Ses yeux la fixaient d'un air rieur, et Jessica remarqua ensuite la couronne sur sa tête, de traviole, ainsi que la canne dans sa patte.

— Juicy Milka, pour vous servir, déclina-t-elle en tendant une patoune pleine de coussinets moelleux.

La petite blonde resta un instant à fixer bêtement cette main et cet être inimaginable qui faisait la même hauteur qu'elle assise.

— Carabistouille, Célian, elle est sourde, ou quoi ? questionna le machin rose. Ah, non ! Eh, je ne suis pas un « machin rose », Mademoiselle !

— Je ne suis pas sourde, répliqua-t-elle finalement en se demandant pourquoi diable ils voulaient tous qu'elle le fût. Vous êtes un… Bisounours ?

— Ah ben la pièce tombe enfin !

— C'est un cauchemar. Je vais me réveiller, marmonna Jessica.

— Pas du tout ! s'opposa calmement Célian. Tu es bien éveillée et tu te trouves bien en présence d'un Bisounours, d'un crocodile en gélatine et d'une fée.

— Une fée ? questionna-t-elle en écarquillant les paupières.

Elle allait finir par se les décrocher, à force.

Il n'y avait pourtant pas de fée autour d'eux. Juste les deux trucs inimaginables et… Célian.

— Mais je *suis* la fée, bobette ! la rabroua le bel homme.

— On ne dit pas un fé, pour les mâles ?

— Je ne vois pas pourquoi le genre féminin devrait dominer dans toutes les espèces. Tu dis un licorne, toi ? Ou un chimère ?

Licorne ? Chimère ?

Elle inspira encore profondément. Son cerveau lui envoyait des signaux de détresse tous plus importants les uns que les autres, mais curieusement, elle ne s'évanouissait pas. Ça l'aurait pourtant arrangée. Quoique… non ! Ce mec était forcément un psychopathe qui lui avait fait avaler une substance hallucinogène puissante avant de la faire descendre aux enfers ! Elle allait mourir violée dans d'atroces souffrances, c'était certain !

Tout ça, c'était la faute de ce salopard de Cupidon ! Pourquoi la Saint Valentin existait-elle, d'abord ? L'amour, c'était toute l'année, qu'il fallait le fêter, pas seulement le 14 février !

— Wouah, mais c'est Verdun, là-dedans ! s'exclama le Bisounours en secouant la tête.

Un bruit de bâton de pluie suivit ce geste. Jessica allait vraiment finir par atteindre le *blackout*. Ce n'était qu'une question de minutes ou de secondes, forcément. À moins qu'elle ne reprenne le contrôle de la situation, en… en acceptant que tout ceci était possible. Et de fait, ça l'était… si elle était morte ou si elle rêvait. Elle verrait plus tard pour d'autres options.

— Bien, marmonna-t-elle doucement. Si je comprends tout, la peluche peut lire dans mes pensées et Célian est une Clochette qui veut me réconcilier avec Cupidon.

Au point où on en était, si on continuait de raisonner rationnellement, c'était ce qui se produisait.

— Tout à fait, opina le jeune homme.

— Et pourquoi tu m'as emmenée ici ? questionna Jess en se tournant vers lui.

— Tu allais péter une durite. Il me fallait un endroit pour te calmer et te faire accepter la situation sans esclandre, expliqua-t-il. Quoi de mieux que le Pont des Bonbons ? L'eau parfumée de la rivière apaise et pousse les humains à accepter l'incroyable. Juicy empêche les inconsciences et Harry… ben, c'est Harry, quoi !

Oui. Voilà. Tout à fait. Le crocodile sembla se satisfaire des propos de la fée, puisqu'il remua la queue comme un chien et gémit de façon très douce. Une confiserie vivante. D'accord.

— Et tu veux me réconcilier avec Cupidon ? Ben, bon courage ! railla la jeune femme en passant une main fébrile dans ses cheveux méchés.

— Allons, allons. J'ai vu pire que toi.

— Parce qu'il y en a eu d'autres ? s'étonna-t-elle. Pourquoi personne ne le sait ?

— Nous leur effaçons la mémoire ensuite, définit-il paisiblement. Il n'en reste que des réminiscences, de quoi continuer votre chemin selon les règles du Partenariat.

— Quelles règles ?

— Je m'engage à te faire retrouver confiance en Cupidon, et toi, tu t'engages à répandre l'amour et la joie chaque fois que tu le pourras jusqu'à la prochaine Saint Valentin.

— Je ne m'engage à rien du tout, ouais ! J'ai rien signé !

— En insultant le Big Boss, tu lui as toi-même donné les pleins pouvoirs te concernant. Il aurait pu te griller sur place, belle enfant, lui apprit-il avec un sourire charmant.

Ce mec lui parlait d'électrocution instantanée et il affichait un air content ? Elle était vraiment tombée sur un malade !

— Mais je ne savais pas ! glapit-elle en ouvrant grand les mains devant son visage.

— Ça t'apprendra à insulter les gens à tout va, rétorqua avec humour la fée.

Le regard qu'il lui adressa ne lui laissa aucun doute concernant leurs velléités : quoi que pût dire ou faire Jessica, il aurait une réplique posée et étudiée. Elle était coincée avec lui jusqu'à... jusqu'à quand, au fait ?

— Jusqu'à minuit, chère amie, intervint joyeusement le Bisounours qu'elle avait failli oublier. C'est la règle des Partenariats. Jamais plus que minuit.

— Genre. Je vais devoir me coltiner Mister Univers et Paillettes jusqu'à minuit ?

— Ou peut-être plus, reprit Célian, clairement amusé.

— La peluche vient de dire que c'était jusqu'à minuit, rétorqua Jessica en le foudroyant du regard.

Si elle ne pouvait pas s'évanouir, elle pouvait au moins se montrer acerbe, non ? Faire des traits d'humour sur une situation qui la dépassait lui donnait l'impression de récupérer le contrôle de cette journée. Ça ne restait évidemment qu'une illusion mais ça ne coûtait rien d'essayer de s'en persuader.

— Oui, sauf si tu ne remplis pas ta part du marché, là je reviendrai t'embêter, la nargua-t-il en lui pinçant effrontément la joue, comme un vieil ami.

— Pas touche ! grogna Jessica en lui tapant sèchement sur la main. Ça va être difficile si je ne me souviens pas de toi !

— Tu me prendras pour un messager du destin, répliqua-t-il avec un immense sourire.

Un nouvel Hermès. Alors soit ce mec avait déjà vécu cette situation et avait été assimilé à cette divinité antique, soit il avait des chevilles plus enflées que sa grand-mère. Jess penchait fortement pour la seconde option. Ça collait assez bien à l'idée qu'elle commençait à se faire du personnage, pour être honnête.

Harry Beau le Croco se mit à japper, attirant l'attention de Célian, toujours occupé à observer sa nouvelle protégée avec amusement. Qu'il était agréable de pouvoir taquiner à loisir une jolie jeune femme qui n'avait pas sa langue dans sa poche ! L'excitation du bonbon le ramena pourtant au présent : le temps filait et il avait une mission à accomplir.

— Je..., grommela Jessica en remettant une mèche aux reflets brillants derrière son oreille.

— Si je te trouve absolument craquante à vitupérer comme ça, ma petite Jess, il nous reste une soirée pour que tu retrouves confiance en Cupidon. Ça ne va pas être facile, alors commençons par le début : pourquoi l'as-tu insulté ?

Choquée d'avoir été ainsi coupée, elle mit quelques instants à reprendre ses esprits. De quoi récupérer quelques neurones pour réussir à narrer ce qui lui était arrivé. Célian serait, après tout, le premier être à qui elle pourrait véritablement se plaindre. Il ne faut jamais négliger la première version que l'on offrira d'une rupture, c'est bien connu. Et si vous ne le saviez pas, vous êtes désormais avertis : c'est avec celle-ci que vous risquez de voir les évènements passés. Faites donc attention à celui ou celle que vous blâmez, vous pourriez cristalliser une faute peut-être partagée (ou pas).

— Le gars avec qui je sortais... Rémi, a rompu par SMS tout à l'heure.

Elle se sentit fière d'avoir pu énoncer cette phrase si lourde sans bégaiement. Soudainement, elle eut envie de pleurer encore. Sur ses espoirs piétinés, sur ces illusions qui l'avaient bercée, sur cet amour qu'elle croyait éprouver...

Minute.

Croyait ?

— Elle progresse vite, se félicita Juicy Milka.

— Elle s'est aperçue qu'elle ne l'aimait pas vraiment, hein ? questionna Célian en appuyant son menton sur une paume, coude posé sur ses genoux.

— Je suis là, leur reprocha la jeune femme. Et si, je…

— Tu pleures sur ce que tu as vécu et aurais aimé vivre, poursuivit la fée masculine. Sois honnête avec toi-même : tu te serais vue toute ta vie avec lui ?

— Difficile à dire après trois mois, répondit-elle posément.

— Quand tu trouves l'homme de ta vie, tu le sais presque immédiatement, espèce de banane flambée au curry et au pastis, lui reprocha le Bisounours en la tapant à l'arrière du crâne.

Le geste provoqua un nouveau bruit de bâton de pluie.

— Ça n'empêche pas que tu éprouves de la douleur par rapport à votre histoire, la rassura Célian. Et que tu mettes du temps à cicatriser.

Son discours condescendant sembla avoir un double effet. D'un côté, elle se sentait apaisée, rassurée, puisqu'il paraissait la comprendre. D'un autre, c'était comme s'il lui balançait quelques joyeuses et sempiternelles banalités. C'était presque aussi énervant qu'un « je te l'avais dit ! », ce que sa mère ne manquerait pas de lui riposter une fois qu'elle lui aurait annoncé qu'ils n'étaient plus ensemble.

— J'ai pas envie de pleurer, ni de passer ma vie à le regretter, pesta-t-elle soudainement. Au contraire, j'ai envie de lui envoyer mon poing dans la tronche et de lui faire regretter de m'avoir abandonnée.

— Même si ça n'aurait jamais pu fonctionner entre vous ? demanda Célian.

Elle opina. Pas sûre qu'il comprît. On a toujours envie de montrer à celui ou celle qui nous a laissé que nous avons été plus forts, et que nous en ressortons meilleurs, plus désirables… c'est de l'orgueil, mais pour un temps, du moins, ça aide à avancer. Ça ne sert à rien sinon à se rassurer. On se sent toujours ébranlé après une peine de cœur, alors on cherche par tous les moyens à se stabiliser. Après tout, chercher un partenaire n'est-il pas une façon de chercher un pilier ? Comment ne pas chanceler quand l'autre s'en va, que cela fasse deux mois ou plusieurs années ?

— Je suis pour la baston, proposa Juicy.

Cela dit, elle remit dignement sa couronne sur sa tête, qui reprit néanmoins sa position initiale : de travers.

— Oublie, la tança l'être surnaturel. Il ne mérite pas qu'on lui casse le nez et je suis là pour transmettre l'amour, pas la violence. On va appeler l'agent spécial K.

Le quoi ?

Jessica était repartie dans une observation de match de tennis. Elle aurait tout aussi bien pu n'être qu'un nuage ou un pot de fleurs, au fond, ça n'aurait rien changé. Si l'idée de mettre un pain dans le nez droit de Rémi aurait pu la séduire, cette facilité la répugnait cependant. Et puis, à quoi bon ? Elle avait envie de lui faire regretter, sans pour autant le blesser.

Mais… un agent spécial ? Pour quoi faire, au juste ?

Célian siffla d'une façon vibrante en pinçant les lèvres et l'écho du son strident se répercuta aux alentours. Il y eut une seconde… deux secondes… trois secondes, puis…

Rien.

Normalement, au bout de trois secondes, il y avait quelque chose. Là, il n'y avait…

— Cell, t'exagères, sérieusement ! entendit Jessica.

Encore une voix féminine ?

— Désolé, K, soupira le bel homme en se tournant vers la nouvelle venue.

Il paraissait tout sauf contrit, en passant.

L'imitant calmement, Jessica se trouva face à un énième illogisme. Une nouvelle preuve que soit elle rêvait après avoir enfilé quatre verres de vodka pure, soit elle était morte et on la tourmentait dans un Purgatoire nouvelle génération dont elle n'était pas sûre d'apprécier les vertus et potentialités.

Devant elle se tenait une gaufrette de la taille d'un enfant de huit ans, dont les yeux, le nez et la bouche avaient été dessinés avec… de la confiture, du chocolat… et de la vanille ? Des lèvres roses voire rouges, un nez blanc et des yeux d'un noisette foncé, représentés comme dans les dessins animés. Ses bras et ses jambes semblaient eux aussi faits du même biscuit et elle avait les mains… enfin, ce qui y ressemblait, posées sur les côtés de son corps.

Clairement, elle était contrariée, mais se détendit un peu en apercevant Jessica, avant de pousser un glapissement de joie en repérant Juicy. Cette dernière couina à son tour, puis elles se jetèrent l'une sur l'autre comme deux amies qui ne s'étaient pas vues depuis vingt ans.

Quelques miettes volèrent avant de venir se recoller sur le corps de « l'agent spécial », tandis que le bruit de bâton de pluie résonnait puissance trois. La scène dura une ou deux secondes, puis K sembla reprendre son sérieux et exigea quelques explications de la part de Célian :

— Rupture par SMS, se contenta-t-il de répondre.

Elle fronça violemment les sourcils et grogna.

— Matricule ? exigea-t-elle froidement.

Le canon de service énuméra alors comme si de rien n'était une série de chiffres et de lettres sans queue ni tête. L'agent K leva les yeux au ciel et parut méditer quelques secondes, concentrée. Enfin, elle émit un craquement qui aurait pu ressembler à un claquement de langue, fixa la fée, puis Jessica qui ne comprenait rien – ou plutôt, ne voulait pas comprendre – et déclara :

— J'en fais mon affaire.

La seconde d'après, elle disparaissait dans un nuage de farine et de petits copeaux de gaufrette. Il n'était pas difficile de deviner que K venait d'accepter la mission que Célian lui avait confiée, ni que potentiellement… le fameux Rémi était concerné.

3.

Juicy secoua la tête, toussota et leva sa canne pour la toquer contre le vide. Oui, oui, toquer contre le vide. Jessica apparenta le bruit à celui d'un « toc toc » contre une vitre. L'instant d'après, une fenêtre s'ouvrait sur un contexte totalement différent du leur, comme si un écran de cinéma venait de se matérialiser, avec effets sonores.

La musique « *We will rock you* » de Queen, reprise par les enfants de Forever Young résonna, tandis que l'image de l'agent K, marchant volontairement d'un air sérieux apparaissait. Elle essayait sans doute de se montrer intimidante… et ne semblait pourtant que comique.

La vue s'agrandit et tous purent constater qu'elle avançait sur un comptoir de bar, devenue aussi grande qu'un biscuit apéritif. Rémi apparut dans le champ, et la jeune femme retint son souffle.

Ce n'était pas tant sa beauté, qui pourtant charmait à n'en pas douter, ni ce sourire de *bad boy* amusé capable de provoquer la fonte d'un glacier, qui la figeait et la troublait, non… c'était de faire ainsi face à celui qui l'avait rejetée. Certains arrivent à garder de bons rapports avec leurs ex. Jessica ne ferait pas partie de ceux-là. Pas après une rupture comme ça.

Elle détailla ses cheveux blond cendré coiffés avec le pied du lit, ses yeux marron rieurs, ses traits qui lui donnaient à la fois l'air d'une gravure de mode et d'un garçon très simple. Elle fixa ses lèvres fines qu'elle avait embrassées un certain nombre de fois. Il était de corpulence assez fine, rompu à l'art du volleyball (auquel elle n'avait jamais rien compris) et devait mesurer tout au plus 1m80. Son style intentionnellement négligé l'avait tout de suite envoûtée.

En cette soirée, pourtant, si elle ne pouvait lui dénier son aspect belle gueule, elle le trouvait moins beau et moins attirant. Ça n'empêchait pas une partie de son être de le réclamer férocement et de quémander une embrassade rassurante, non… ça l'empêchait juste de lui céder.

La seconde d'après, elle remarqua avec un pincement au cœur la plantureuse brune qui discutait avec lui en le dévorant du regard. Il ne manquait plus que ça.

L'avait-il déjà si vite remplacée ? Était-elle réellement sortie avec un mufle ?

Un cuisant sentiment de honte la prit. Se sentir ainsi utilisée et jetée... comment n'avait-elle rien vu ?

— C'est un abruti, marmonna Célian en reniflant. Tu mérites mieux.

Elle détourna le regard de l'écran et l'observa une seconde. Lui, par contre, était beau. Bien sûr, son charisme devait lui venir de sa nature de fée, et Jessica en avait conscience. Elle ne cherchait ni à retomber dans d'autres bras, ni à se défendre de le trouver à son goût. En d'autres circonstances, elle se serait sans nul doute accordé de flirter, par exemple en attardant sa joue contre la sienne... pour sentir son parfum. D'ailleurs, quel était le sien ? Elle chassa ces pensées qui n'étaient pas les bienvenues et riva ses iris à l'écran.

Rémi n'avait toujours pas remarqué le biscuit qui avançait vers lui, contournait son verre pour finalement lui chatouiller l'avant-bras. Il fallut plusieurs vaines tentatives à l'agent spécial K avant qu'elle ne se résolve à pincer sauvagement sa victime pour enfin capter son attention.

Il fronça les sourcils et regarda sur le comptoir, surpris de ne pas y trouver une quelconque bestiole.

— C'est toi, Rémi ? questionna soudainement K.

Le concerné secoua la tête et jeta un œil circonspect à sa compagne de bar, qui lui adressa un immense sourire, continuant son monologue. Bon, apparemment, il hallucinait.

Mécontente de son indifférence, la gaufrette pinça encore le jeune homme en grognant.

— Aïe ! pesta-t-il.

— C'est toi, Rémi ?

— Que…

— Je me demande même pourquoi je pose la question, le coupa-t-elle. Pourquoi tu as largué Jessica ? Et par SMS, comme un parfait imbécile ?

— Tu vois le biscuit qui parle près de mon bras ? interrogea Rémi en se tournant vers la belle latine.

— Je pense que tu as trop bu, Mimi, le charria-t-elle en déposant un baiser sur le coin de ses lèvres.

L'usage de ce surnom pourri donna à Jessica une féroce envie de vomir. Mais pour qui elle se prenait, cette greluche, là ?

Entre nous soit dit, l'inconnue pouvait avoir un caractère d'ange et aurait peut-être parfaitement pu s'entendre avec notre héroïne. Mais pas dans cette vie. Elles empiétaient sur le même terrain, quoi que pût en penser ou avoir décidé Rémi de son côté.

Le téléphone de la latine se mit à sonner et elle s'excusa pour aller décrocher dehors. Et en plus elle avait de bonnes manières ! Jessica aurait préféré qu'elle n'en eût pas. Ça l'aurait aidée à la détester. C'est toujours plus facile de mépriser les gens quand ils ont des défauts auxquels on peut s'accrocher.

Pendant ce temps, l'agent spécial K grimpa sur le jeune homme, légèrement perturbé, et finit par se poser sur son épaule, afin qu'il pût mieux l'entendre.

— Et si tu répondais à mes questions ? recommença-t-elle sobrement.

La gravure de mode sursauta, ne voyant plus son interlocutrice sucrée.

— Qui êtes-vous ?

— Ton pire cauchemar, laissa-t-elle résonner pour le faire frissonner, comme Mushu dans le film d'animation *Mulan*[1].

L'espace d'un instant, il sembla la croire. Elle reprit immédiatement en levant les yeux au ciel :

— Je pense que ça se voit, non ? Je suis une gaufrette.

---

[1] *Mulan* (1998), réalisé par Barry Cook et Tony Bancroft, Walt Disney Pictures.

— Les gaufrettes ne parlent pas.

— Les mecs qui en ont ne larguent pas par SMS, rétorqua-t-elle sèchement.

Touché, songea Jessica avec un sourire, devant l'écran. Elle sentit le regard de Célian, qui revint bientôt à la contemplation de la scène.

— Que…

— Réponds à mes questions, exigea K. Ma patience a des limites et je m'en approche dangereusement. Pourquoi as-tu largué Jessica sans prendre la peine de le faire en face ?

Réalisant qu'il aurait pu la chasser d'un simple mouvement de bras ou d'une pichenette, Rémi leva la main pour essayer de la déloger. Rapide comme l'éclair, le biscuit effectua une pression à un endroit stratégique de sa nuque et il se retrouva bloqué.

— Réponds, grogna-t-elle.

Ah, elle pouvait être menaçante, quand elle voulait !

— J'ai voulu voir ce que donnait une vie de couple rangée, déglutit-il. C'est pas mon truc. Après deux semaines, j'avais déjà lâché. Elle était encore la seule à y croire.

Célian prit la main de Jess et y déposa un baiser avant de la serrer. Elle n'y fit même pas attention.

Ses iris restaient rivés sur l'échange qui avait lieu devant elle.

— Pourquoi aujourd'hui ?

— Julietta m'attendait.

— En fait, t'es l'archétype du connard de base, c'est ça ? pesta soudainement la gaufrette.

— Je suis un papillon d'unions libres, rectifia-t-il en récupérant son aplomb. Et pourquoi je vous dis ça ?

— Ma simple présence force les gens à dire la vérité quand je les questionne, pesta-t-elle. Et ce que j'entends n'est pas beau, c'est clair.

— Pourquoi…

— Et par SMS, pourquoi ?

— Elle allait pleurer. Je déteste la voir pleurer. C'est une gentille fille… un peu désespérée, je crois.

La Gaufrette grommela avant de soupirer bruyamment. Définitivement, elle avait bien fait de venir. La jeunette dont la fée devrait s'occuper vivrait mieux sans ses illusions, et en sachant que pour une fois, son piège à nanas allait se retourner contre lui.

Jessica, elle, sentit son estomac effectuer un looping, et ses yeux se remplir de larmes une nouvelle fois. Elle qui croyait avoir assez pleuré, elle s'était trompée… Rémi ne l'avait pas épargnée. Elle avait envie de se rebeller, de montrer que non, elle n'était pas une fille désespérée, mais… à quoi bon ? Désormais, elle saurait. Elle se méfierait.

Elle sentit les bras de Célian se refermer autour d'elle, uniquement pour lui apporter un soutien qui lui faisait actuellement défaut. Elle aurait pu le repousser, se sentir nauséeuse d'être cajolée par un autre homme, il n'en fut pourtant rien. Elle se contenta d'apprécier son geste et s'appuya un peu plus sur lui. Sa présence était rassurante.

— J'ai ce qu'il me faut, détermina l'agent Spécial K en relâchant sa victime.

Le petit bout de rien du tout et pourtant si coriace sauta à nouveau sur le comptoir.

Cette fois-ci, pourtant, elle n'était plus une simple gaufrette avec de la confiture, du chocolat et de la vanille. Non, elle était une gaufrette avec de la confiture, du chocolat, de la vanille, et une capuche verte, accompagnée d'un équipement d'archer.

Comment avait-elle réussi ce tour de passe-passe ?

Juicy secoua la tête, près du duo enlacé. Le bruit de bâton de pluie recommença et Harry Beau le Croco gémit avant de ronchonner. Ou d'émettre un son qui s'apparentait au ronchonnement.

— J'aurais jamais dû lui montrer cette série, se lamenta le Bisounours.

Célian opina avec le bonbon, et K saisit une flèche dans son carquois, avant de bander son arc avec.

— Rémi Lefort… *you have failed this sweetie*[2] !

— Hein ? s'éberlua le concerné en louchant sur le biscuit.

— Vous n'êtes qu'un matou de bas étage. J'espère que cette expérience vous fera réfléchir !

Il n'eut jamais le temps de répondre. Le trait partit et explosa dans une gerbe de paillettes en butant contre son nez. Il ferma les yeux, tenta de se débattre et finit par recouvrer son calme. Lorsqu'il rouvrit les paupières, l'agent spécial lui indiqua sobrement, arc baissé :

— Jusqu'à minuit.

Puis elle tourna les talons et s'en alla comme elle était venue, sortant du champ de l'écran.

Trois secondes plus tard, Julietta revenait auprès de sa conquête et expliquait qu'il s'agissait d'une collègue qui avait été plaquée, patati-patata. Elle lui demanda ensuite s'il allait bien. En même temps, vu la tête qu'il affichait, il y avait de quoi s'interroger.

---

[2] Vous avez trahi cette douce personne !

On l'aurait forcé à avaler un thon entier avec les arêtes que son expression n'aurait pas varié d'un iota.

Il hésita une seconde, puis ouvrit la bouche pour prononcer certainement quelques mots rassurants. La seule chose qui en sortit fut un :

— Maaaow.

Le beau gosse loucha sur ses lèvres, incrédule. Sa partenaire le regardait avec étonnement et ne savait trop si elle devait s'en amuser ou s'éloigner à toute vitesse. Rémi retenta donc le coup :

— Mrrraw.

Rien à faire. Il était coincé avec une palette infinie de miaulements jusqu'à minuit. Lorsqu'il expira pour se calmer, un ronronnement sortit de sa gorge. L'air angoissé qui se peignit sur ses traits fut la dernière chose qui apparut à l'écran avant que celui-ci ne disparût.

Jessica laissa échapper un sourire. Elle n'avait pas vraiment voulu se venger. Mais ce à quoi elle venait d'assister n'avait pu que la faire remonter.

L'agent spécial K réapparut dans son nuage de miettes, et éternua. À croire qu'elle s'irritait elle-même de ses effets ! Elle inspira un bon coup, puis s'adressa aux présents :

— C'est fait. Tu peux continuer, Célian.

L'intéressé lui sourit et lui fit signe de filer.

— Jess, je sais bien qu'on dit souvent que les filles sont trop exigeantes concernant les mecs. Mais la prochaine fois, s'il te plaît, sois-le encore plus !

La jeune femme rougit et hocha la tête, sifflée. Juicy et K échangèrent une autre accolade, puis elle disparut. Le Bisounours se retourna vers le duo, intimant à Harry Beau de retourner dans son étang.

— Le temps file, mon coco. Il te reste à peine plus de deux heures.

— Déjà ? s'étonna-t-il en bondissant sur ses pieds.

— Je vais demander à Cupidon de te transformer en coucou suisse pendant une année, ça t'apprendra à gérer ton temps correctement ! ronchonna-t-elle tandis que Jessica se relevait aussi, prête à s'en aller.

— Moi aussi, je t'aime, Juicy. À plus tard ! Ciao, le Beau !

Ils eurent à peine le temps de capter le bruit tout excité du crocodile, qu'ils disparaissaient dans un bruit de harpe et un nuage de poussière pailleté.

4.

— Ah, Paris et sa pollution ! s'exclama la fée sans la lâcher.

On aurait dit qu'il avait tout anticipé : son manque d'équilibre, son besoin d'être réconfortée… c'était aussi rassurant que déroutant. Son bras autour de sa taille ne la gênait pas. Il n'était ni intrusif, ni possessif. Juste plein de sollicitude.

Célian avait raison : après avoir respiré l'air pur et sucré du Pont des Bonbons, il était difficile de revenir à l'air saturé de la capitale française. Quoi qu'on en dît, cette ville était splendide, mais ce détail gâchait vraiment le paysage.

Ils étaient de retour sur les marches de Montmartre. Elle avait l'impression que trois jours s'étaient écoulés depuis le début de cette folle histoire. Retrouver ce quartier lui fit cependant du bien. Elle reprenait pieds dans la réalité. Enfin… un tout petit peu. Difficile de concilier son environnement réaliste, cartésien et logique avec l'être surnaturel qui la maintenait contre lui.

D'ailleurs, elle pouvait en attester, maintenant. Il sentait le thé vert. Elle avait toujours raffolé du thé vert. Surtout à la menthe.

— Tu aimes les oiseaux et les chats, Jessica ?
— Mh, oui, répondit-elle sans grande conviction.

Il est toujours assez difficile d'appuyer une réplique quand vous ignorez quelles sont les attentes de celui qui vous interroge. Pourquoi désirait-il savoir ceci ?

— Qu'allons-nous faire ? osa-t-elle.
— Je vais te montrer que l'amour n'a pas cessé d'exister, expliqua-t-il avec un petit sourire.

L'information la surprit. Elle savait bien qu'il n'avait pas disparu. Elle n'y croyait juste plus pour elle. Comment voulait-il lui prouver le contraire ?

— Attention, ça va chatouiller.

Il posa un doigt sur le bout de son nez, exerça une légère pression dessus, et… elle fut enveloppée d'une nuée aussi blanche que lumineuse, aussi douce que du coton et aérienne comme un nuage.

La seconde d'après, elle contemplait un colibri qui faisait sa taille.

Elle glapit farouchement et voulut reculer d'un pas, ne réussit qu'à trébucher pour… déployer ses ailes et se ramasser sur la marche en-dessous.

Des ailes ?

— Il va vraiment falloir que tu apprennes à te détendre, ma jolie, pépia l'oiseau exotique.

— Célian ?

— Bravo ! Je nous ai transformés en volatiles pour que nous puissions évoluer à notre guise dans les rues de Paris. Pour visiter quelques trucs en toute discrétion, quoi. Tu fais un rouge-gorge très mignon. Un peu plus et je roucoulerais.

— Les colibris ne roucoulent pas, riposta-t-elle.

— Tu viens de gâcher mon instant romantique, soupira-t-il. Allez, viens.

Romantique ?

Gênée par sa remarque, elle se redressa tant bien que mal, ne sachant pas comment s'organiser avec ce corps qu'elle n'avait encore jamais utilisé. Heureusement, cette maladresse cachait son embarras. Elle effectua quelques petits sauts, étendit consciencieusement ses ailes et se tourna à nouveau vers Célian.

Il planait devant elle, aussi à l'aise que dans son corps de mannequin surnaturel. Ce n'était sûrement pas la première fois qu'il faisait ça. Elle n'était pas non plus la première avec qui il partageait ça.

D'ailleurs, elle ne voulait pas y penser. Ça commençait à la chiffonner.

Elle recula un peu, effectua une série de sauts, battit des ailes, plana un instant et… se rétama dix marches plus bas, après avoir rebondit sur quatre d'entre elles.

— Il va falloir revoir ton aérodynamisme, la nargua-t-il.

Ben voyons !

Vexée, elle se releva, secoua vivement la tête et s'élança pour de bon. Quelques secondes plus tard, elle voltigeait comme si elle avait toujours fait ça, comprenant enfin la logique de ces extensions. La prise de l'air sur son bec, ses plumes, ses yeux fut incroyable pour elle. Elle n'avait jamais réellement rêvé de voler. Bien sûr, ça avait été une envie fugace mais tenace, un jour ou l'autre. Ça n'était pourtant jamais devenue une obsession… elle comprenait cependant l'obsession de certains, notamment des inventeurs qui avaient pu passer leur vie sur le sujet.

La liberté qu'elle ressentait n'avait pas de prix. Après ce qu'elle avait vécu, après ce tourbillon d'émotions et de surprises, c'était comme si l'horizon s'éclairait de nouveau, comme si elle retrouvait les fondamentaux de sa vie. Cela lui permit de remettre tellement de choses en perspective. Pourquoi s'enchaîner avec le souvenir et la douleur de Rémi ? Elle était libre d'avancer, de comprendre ses erreurs et de ne plus recommencer.

Il y avait bien plus à vivre !

Elle effectua plusieurs loopings, remonta, descendit en piquée, s'étonna de sa maîtrise si aisée et revint enfin près de Célian, qui faisait toujours du sur place. Jessica réalisa qu'elle ne pouvait pas lire les expressions sur ses traits. Mh, oui, les oiseaux étaient beaucoup moins riches, de ce côté-là. Encore une chance qu'ils pussent parler sans problème !

Parlaient-ils oiseau ou humain, en fait ? Oh, et puis qu'importait !

— Tu es au courant qu'un colibri en plein Paris, c'est peu commun ? lui fit-elle remarquer en tournoyant autour de lui.

Personne n'aurait pu croire qu'il s'agissait de la même jeune femme qui avait injurié Cupidon un peu plus tôt dans la journée, ni qu'elle avait assisté aux aveux blessants en direct de son ex quelques minutes plus tôt.

— Un rouge-gorge pété d'adrénaline non plus, lui renvoya-t-il. On peut y aller ?

— Vers l'infini et l'au-delà ! s'exclama-t-elle avec un joli rire.

Le volatile exotique sembla la contempler dubitativement pendant un instant, puis il s'éleva et elle le suivit.

Bientôt, ils se posèrent sur le rebord d'une fenêtre, et plongèrent le regard à l'intérieur. Une Maman tenait son nouveau-né dans ses bras, aussi douce que tendre. Elle semblait avoir peur de le laisser tomber, et pourtant, on pouvait déjà lire que pour lui, elle pourrait tout sacrifier. Il avait moins d'une semaine, il était devenu un monde complet pour ses parents simplement en naissant.

— C'est le premier amour que je voulais te montrer, murmura la fée. Celui d'un parent pour son enfant.

Jessica fut profondément émue de cette vision. Quelque chose lui disait qu'elle épiait quand même l'intimité d'un duo merveilleux, mais ce n'était pas du voyeurisme. Juste un rappel qu'elle aussi était passée par là et qu'un jour, peut-être... elle y reviendrait en transmettant la vie.

Elle ne put s'empêcher de songer à sa propre mère. Elles n'étaient pas toujours d'accord... mais elles s'aimaient. Il y avait des jours où elle avait besoin de s'éloigner. Elles éprouvaient sûrement toutes les deux cette nécessité. Les relations fusionnelles ne sont pas bonnes, ou rarement. Et ses remarques parfois piquantes, blessantes aussi, n'étaient là que pour lui assurer au final le véritable bonheur. Au fond, elle s'en voudrait d'avoir eu raison au sujet de Rémi. Jessica était persuadée que si sa mère avait pu se tromper, elle l'aurait fait. Pareil pour son père, qui ne la couvait pas, mais tout juste.

Le premier amour… inconditionnel.

C'était vrai. Les enfants pouvaient devenir n'importe quoi. N'importe qui, n'importe quoi… ils pouvaient agir comme ci ou comme ça… les parents ne cesseraient jamais de les aimer. Le véritable amour est inconditionnel. Il ne réclame rien. Il fait parfois souffrir, ô combien, mais il est éternel et sans condition.

Elle était aimée de cette façon-là par ses parents.

Tous n'avaient pas cette chance. Elle, elle la possédait, et trop souvent, elle l'oubliait. À l'avenir, elle tâcherait de s'en souvenir.

L'émotion lui arracha une larme. Les oiseaux pleuraient-ils, normalement ?

Célian se pencha et frotta sa tête contre la sienne. Voilà qui l'aidait à se reprendre.

Elle tourna son bec vers lui et affirma :

— Allons-y.

Ils s'envolèrent ainsi vers le deuxième amour de la vie.

5.

Jessica se laissa bercer par les courants d'air, appréciant leur passage dans ses plumes, ramenant ses pattes contre elle et testant sa résistance au vent en orientant légèrement sa tête dans une direction ou une autre. Quelle expérience formidable ! S'en souviendrait-elle, une fois que la soirée serait terminée ?

Un nœud la prit soudain au creux de l'estomac. Célian lui avait dit qu'elle oublierait, ne garderait que le meilleur pour transmettre l'amour durant une année. Elle tenait à sa mémoire, à tout ce qu'elle vivait, là !

Aux prises avec elle-même, elle n'entendit nullement la fée l'appeler pour la mettre en garde. Le monde ne bascula que lorsque le colibri la percuta et qu'ils chutèrent pour rouler-bouler au sol dans un concert de pépiements impensable.

— Mais ça va pas, non ? s'écria-t-elle en essayant de se dégager, sur les pavés.

— T'as failli finir dans un lampadaire ! riposta Célian avec véhémence. Mais t'as pas un peu fini, non ? Arrête de gigoter !

Ils se lancèrent des ripostes sans queue ni tête pendant une bonne minute, s'apercevant qu'en effet, ils étaient aussi emmêlés que Tiana et le Prince dans le film Disney[3]. Ah, et que c'était tout aussi gênant. Enfin, le colibri pesta un bon coup, un jet de paillettes fusa et la seconde d'après, ils se contemplaient avec méfiance.

— Quand on vole, on surveille sa trajectoire, la renseigna le colibri en penchant la tête.

— À quoi bon ? Demain, j'aurai tout oublié, répliqua-t-elle posément.

Ils s'affrontèrent du regard pendant un instant. Finalement, Célian soupira.

— Il y la mémoire de l'esprit et celle du cœur, Jessica. Cupidon n'a de prise que sur la première. Ce n'est pas parce que tu ne pourras plus te rappeler immédiatement de ce que nous avons vécu que tu auras tout perdu. Tu te réveilleras en croyant que tu as fait un beau rêve.

---

[3] *La Princesse et la Grenouille* (2009). Réalisé par Ron Clements et John Musker, Walt Disney Pictures.

— Ça ne me suffit pas, déclara-t-elle. Les rêves s'estompent !

— Les souvenirs aussi.

Frustrée, un peu blessée, aussi, elle se tourna et sautilla un peu plus loin. Une brise la fit frissonner. Les courants lui paraissaient tout à coup beaucoup moins accueillants.

Le principe d'effacer la mémoire devait sans doute éviter les traumatismes et les fuites du monde surnaturel. Elle pouvait le comprendre. Du moins, elle le pensait. Rien ne justifiait qu'on lui retirât ce qui lui appartenait ! À quoi bon poursuivre sa « réconciliation » avec Cupidon, si c'était pour qu'il efface tout ensuite et ne lui laisse qu'une impression diffuse ? Un peu plus, et elle l'insultait encore. Qu'est-ce que ça ferait, d'ailleurs, si elle recommençait ?

— Écoute, je sais que tu ne veux pas oublier à quel point je suis beau, envoûtant et sexy comme Adonis – ne le nions pas –. Mais tu pourrais vivre en sachant que tu as parlé avec une Gaufrette et un Bisounours ? Tu imagines l'impact sur ta façon de penser ?

Oui. Non. Elle ne savait pas.

Qu'est-ce qui était le mieux ? Laisser les effets de la soirée se dissiper et la plonger dans une folie irrécupérable, ou garder des réminiscences supposées merveilleuses, comme au sortir d'un rêve ? Parce que c'était exactement ce que Célian lui proposait.

Peut-être existait-il une autre raison au lavage de cerveau. Peut-être que les humains ne toléraient psychologiquement pas le poids d'une telle conscience. Peut-être que tout ceci n'était que pour la protéger.

— Mes souvenirs m'appartiennent, murmura-t-elle encore en contemplant le ciel d'hiver de Paris.

— C'est bien pour ça que ton cœur s'en imprègne.

Il lui fallut encore une bonne minute de contemplation pour accepter de continuer. Ça, et un nouveau léger coup de tête de la fée.

À bien y réfléchir, c'était lui qui lui manquerait, si elle venait à tout oublier. Sa présence, unique, et la sensation inoubliable de voler. Mais elle ne voulait pas y penser. Il fallait aller jusqu'au bout.

Ils décollèrent du sol et voltigèrent plus loin, à quelques encablures, pour arriver sur le rebord d'une autre fenêtre, donnant sur une pièce où sept amis discutaient avec animation, les uns en face des autres, ou sur le même canapé. On aurait dit une autre sorte de famille.

— Voici le deuxième amour. Ainsi que le troisième. Je mêle souvent les deux, parce qu'ils vont de pair. Qu'est-ce que tu vois ?

— Une bande d'amis.

— Regarde mieux.

Ce qu'elle fit. Elle observa les trois garçons, les quatre filles... finit par trouver quelques traits flagrants de ressemblance entre certains, et s'interrogea. Était-ce une réunion de famille ?

— Il y a des gens de la même famille.

— Bravo, Sherlock ! Leur groupe d'amis se compose autant d'amis que de frères et de cousins. Ils sont devenus un nouveau noyau... indissociable. Le deuxième amour, c'est celui de la famille, et plus particulièrement celui des frères et sœurs. Parfois aussi pour les cousins. Tu es obligé de vivre avec, tu partages la plupart de ton ADN avec eux, et même si ce sont les personnes qui te gonflent le plus, tu pourrais sans hésiter donner ta vie pour elles.

Jessica était obligée de le croire sur parole. Elle était fille unique, et avait toujours rêvé d'avoir un petit frère ou une petite sœur. Elle hocha donc la tête, pensive.

— Ensuite, il y a le troisième amour : l'amitié.

— L'amour et l'amitié sont différents, le coupa-t-elle par réflexe.

— Tais-toi et écoute, espèce de pie bavarde, la tança-t-il avec amusement. L'amour naît parfois d'une amitié. Mais l'amitié est une forme d'amour. Les amis sont la famille que tu choisis, les frères et sœurs que tu n'as pas eus. Ce sont ces personnes que tu aimes assez pour être parfaitement toi en leur présence, et pour accepter qu'ils soient tels qu'ils sont en vérité… non pas selon tes attentes.

Elle médita ses paroles en collant son bec contre la vitre, provoquant un petit « tap » discret que pas un des convives ne remarqua. Ils semblaient fonctionner en symbiose. L'un commençait une phrase, l'autre la finissait. L'une sortait une ânerie, le reste riait et enchaînait.

La famille et les amis forment le cocon de notre existence. C'est avec eux que nous traversons nos épreuves, les grandes étapes de la vie, que l'on soit célibataire ou non. D'ailleurs, les amis et la famille seront là, que votre partenaire soit absent ou présent. Ils vous aiment pour vous. Uniquement pour vous. Il n'y a aucun mérite là-dedans.

Si vous regardez bien, les ruptures de contact dans une réelle amitié ou dans un lien familial profond sont des poisons parfois beaucoup plus puissants qu'une rupture avec un conjoint. Se fâcher avec son frère, sa meilleure amie… ceux qui forment nos remparts, tant pour nous protéger que pour nous relever. Ceux que nous défendrions nous-mêmes, épée en main.

À bien des égards, l'amitié est une forme d'amour. Jessica ne l'avait jamais songé sous cet angle. Elle verrait sa meilleure amie et quelques-uns de ses cousins sous un autre angle, désormais. Elle aurait conscience de la grâce qui lui était offerte.

Elle jeta une œillade qui se voulut discrète auprès de Célian. Loupé, il l'observait attentivement, guettant sûrement les signes de sa compréhension et de son rapprochement avec Cupidon. Oui, elle avait encore droit à l'amour. À un amour qu'elle possédait depuis des années, et qu'elle ne faisait que réaliser.

Le rouge-gorge détacha son bec de la vitre et se tourna vers la fée.

— Merci, je…
— Frouuu ?
— Hein ?

Un pigeon venait de se poser sur le rebord à son tour, pour l'interrompre sauvagement et sans aucune politesse. Il se rapprocha encore, orientant brusquement sa tête dans différents angles pour la scruter plus facilement.

Soudain, il se pencha et roucoula à nouveau à l'intention de la jeune femme, déclenchant le rire de Célian, qui se transforma en pépiements légers et discrets.

— Mais dégage, Père Dodu ! s'exclama-t-elle en reculant d'un bond. Va te coucher !

— Rourou !

Bon, le décodeur n'était pas intégré avec la transformation en volatile. Compris. Qu'est-ce qu'il lui voulait, le gros plein de plumes, là ? Il devait faire trois fois sa taille ! En plus, il n'était même pas beau. Non pas que Jessica eût déjà réellement trouvé un pigeon beau, à dire vrai, bien que leur col irisé pût attirer l'attention de l'œil. Celui-ci était bien en chair, ou bien bouffé de plumes, elle ne voulait pas savoir, et la regardait d'un œil un peu trop insistant. Pourquoi ne dormait-il pas comme les autres piafs, hein ?

— Frouuuu !

Célian gloussait toujours, désormais couché, imitant le rire d'Archimède dans *Merlin l'Enchanteur*[4], lorsque ce dernier essaie de faire voler un avion et qu'il coince l'hélice dans sa barbe. Jessica, elle, ne riait pas du tout.

— Mais il me veut quoi, à la fin ? grogna-t-elle.

— Rourouuuu ! se rengorgea le nouveau venu.

— T'as une touche, Jess ! s'esclaffa le colibri.

— Ah, non !

— Rouuuuu…

— Ahahahah ! Il va te faire sa parade amoureuse !

Mais comment allait-elle s'en débarrasser ?

— C'est pas drôle, Célian ! le tança-t-elle en jetant un œil en contrebas.

— Oh si, affreusement ! continua-t-il en se tenant les côtes avec ses ailes.

Un peu plus et il roulait sur le rebord pour tomber dans la rue.

Si Jessica n'avait pas été au centre de cette mascarade sans aucun sens, elle aurait sûrement rigolé. Elle ressentit néanmoins beaucoup de compassion pour le petit roi Arthur de Merlin l'Enchanteur, qui avait dû repousser dans le dessin

---

[4] *Merlin l'Enchanteur* (1963). Réalisé par Wolfgang Reitherman, Walt Disney Pictures.

animé les avances pressantes d'une femelle écureuil bien décidée à ne plus le lâcher.

Le pigeon, gonflant son torse, s'approcha d'elle en la regardant d'un air fier et profondément stupide. C'était étrange, tout de même, cette propension, chez ces volatiles, à afficher une absence totale d'intelligence quoi qu'ils fissent !

Et elle n'allait certainement pas s'acoquiner avec l'un d'eux, non mais !

— Tu sais que les croisements inter-espèces ne donnent rien ? tenta-t-elle avec virulence. Notre amour – déjà inexistant – est voué à l'échec ! Retourne chez ta mère, Père Dodu !

— Frou. Rourou. Rouuuuu, rou !

Il le faisait exprès, c'était ça, hein ?

Le rire de Célian s'était transformé en un espèce de râle sifflant, puisqu'il riait tellement qu'il ne parvenait plus à respirer, l'imbécile.

Ayant épuisé toute diplomatie, la jeune femme sauta du rebord et s'envola plus loin, sans demander son reste et sans se retourner. La fée saurait bien la retrouver, non ? Et puis, il n'avait qu'à se débrouiller !

Elle eut à peine le temps de savourer à nouveau la caresse du vent sur son corps de taille réduite qu'elle percevait un mouvement saccadé à moins d'une trentaine de centimètres d'elle. Elle s'éleva un peu plus et constata que son soupirant, fidèle à sa réputation d'idiot chronique, l'avait suivie.

Ça avait tout de même un goût amer, de se faire draguer par un pigeon. Tant au sens propre que figuré. Ne pouvait-elle pas attirer un garçon sensé, normal et qui l'aimerait, au final ?

— Frouuuu !

Pas pour le moment, en tout cas.

Quelle échappatoire lui restait-il, hein ? Elle descendit en piquée, espérant le semer. Monsieur semblait toutefois avoir échangé ses neurones contre son brevet d'aviation. Il n'eut aucune peine à la suivre et elle pesta tout ce qu'elle savait. Jusqu'à ce qu'elle perçût la recommandation de Célian, non loin.

— Attention à l'atterrissage !

L'atterr…

Elle fut enveloppée dans un nuage de paillettes, s'aperçut que battre des ailes lui était douloureux, et se sentit tomber comme une enclume. Sans comprendre pourquoi, elle baissa la tête, plia ses articulations et… se réceptionna sur ses pattes, avant de sortir ses griffes. Au cas où.

Une seconde.

Des griffes ?

Ses yeux se posèrent sur deux pattes veloutées, avant que sa vision ne se transforme pour focaliser sur les poils qui les parcouraient, beiges, voire caramel. Elle tourna la tête, observant son corps qui se tenait désormais comme tous les quadrupèdes, et constata que son pelage était strié de rayures tirant entre le marron et le gris. Une queue battait l'air de façon énergique.

Un chat !

Célian l'avait transformée en félin !

6.

— Frou ?

Jessica sursauta d'un bon mètre, se mit à feuler sans comprendre comment et sentit son poil se hérisser. Le pigeon la regardait d'un air intrigué. Instinctivement, elle se lécha les babines. Elle tenait son moyen de le faire déguerpir.

Un ronronnement de satisfaction s'échappa de sa gorge et elle ouvrit de grands yeux.

— Frou ? Rourou ?

Ce piaf n'avait décidément aucune jugeote et encore moins d'instinct de survie.

Autant lui apprendre quelque chose !

Elle fit un bond en avant tout en miaulant – son qui la surprit aussi – et enfin, Père Dodu réalisa qu'il lui serait préférable d'abandonner l'idée de faire de Jessica sa Valentine. Il fallut quand même qu'elle lui atterrît sur le train et qu'elle lui mordît la couenne pour ceci…

— Bon débarras ! s'exclama-t-elle en crachant du duvet trois secondes plus tard, alors qu'il s'envolait à tire-d'aile.

— Le pauvre, il était bien accroché, déclara Célian en apparaissant derrière elle.

Le museau noir, les yeux bleus, les moustaches frétillantes, le poil mi-long d'une teinte crème qui paraissait douce… la fée s'était transformée en un remarquable Sacré de Birmanie. Jessica avait toujours été en admiration devant cette race de chats, majestueuse et incroyablement mignonne. Et parfaite pour afficher un rictus d'amusement, si elle en croyait celui qu'elle avait devant elle.

Lui l'observait d'un œil à la fois admiratif et appréciateur. Le pelage de Jessica, comme s'il avait voulu suivre la couleur de ses cheveux, ne pouvait pas être d'une seule nuance et se parait de gris tirant sur le marron, de caramel, de crème et le tout donnait un ensemble tigré d'une beauté à laquelle il n'était pas totalement indifférent. Ses grands yeux verts tirant sur le fauve exprimaient toute sa perspicacité… en résumé, elle avait une classe folle.

Non, vraiment, il n'y était pas indifférent. Mais aurait-il seulement dû l'être ?

Vite, reprendre la discussion.

— Un cœur de brisé, poursuivit-il en baissant la tête.

— Il s'en remettra, détermina-t-elle un peu plus froidement qu'elle ne l'aurait voulu.

Elle avait beau savoir que son partenaire pour la soirée ne faisait que plaisanter, le sujet ne lui convenait pas. Ni l'émoi qui la traversait, de plus en plus présent, d'ailleurs.

— Tu ne ferais pas la difficile ? la nargua-t-il.

Voilà exactement la thématique qu'elle ne voulait pas aborder.

Toute sa vie, Jessica avait entendu ce reproche.

« Ne fais pas la difficile ! » On l'avait seriné de faire plus attention aux autres hommes qui ne correspondaient pas à ses canons, mais à qui elle aurait dû laisser une chance. Qu'est-ce que c'était, « faire la difficile », en fait ? Parce qu'entre la difficile et la fille facile, l'écart n'était pas si long. Donner son amitié aux garçons qui semblaient lui accorder un tant soit peu d'intérêt ? Elle l'avait toujours fait. Accepter de sortir avec eux, même en tout bien tout honneur, alors qu'elle ne ressentait rien ? Certainement pas. Sa tête l'avait parfois trompée, et elle en avait payé les pots cassés. Elle avait toujours essayé de suivre sa ligne, se fiant à son cœur... se trompant parfois. Comme avec Rémi.

Aussi, elle essaya de dévier la conversation :

— Que faisons-nous, maintenant ?

— Ah, j'ai touché un sujet sensible, ma belle ? questionna-t-il pourtant.

— Je ne tiens pas à en parler.

— Alleeeez, insista-t-il en lui envoyant un petit coup de patte sur la truffe. Dis-moi tout.

Elle se rendit compte que quoi qu'elle pût lui dire, il ne lâcherait pas l'affaire. Autant passer aux aveux dès à présent et embrayer sur autre chose ensuite.

— On m'a toujours dit que j'étais difficile avec les mecs. Mais merde, à la fin ! J'ai bien le droit de l'être, non ? Alors quoi, il faudrait que je sois exigeante à mourir concernant le choix de ma bagnole, de mes études, de mes chaussures et de tout ce qui compose ma vie, sauf pour la seule chose qui importe : celui qui partagera justement mon existence ?

Célian s'assit et sa queue s'enroula autour de ses pattes. Il avait l'air très digne, ainsi. Attentif, aussi. Jess prit son attitude pour un encouragement à continuer.

— Je ne sais pas faire semblant. Si un garçon veut de mon amitié, il l'aura sans problème. S'il veut plus et que je ne ressens rien, je vais l'envoyer bouler. C'est comme ça ! Je ne me considère pas comme difficile mais comme honnête. J'attends l'homme de ma vie, pas une distraction de quelques semaines !

Le sacré de Birmanie pencha la tête sur le côté avant de lui poser une question fatidique :

— Crois-tu qu'il existe ?

— Quoi ?

— L'homme de ta vie. Tu crois qu'il existe ?

Mouchée, troublée, Jessica ne sut que répondre. Elle avait envie d'y croire, c'était différent. Elle espérait que chacun avait son âme sœur, pour ceux qui se destinaient au mariage, à la vie conjugale… à tout ça. Quant aux consacrés, ils trouvaient leur moitié dans ce Dieu auquel ils se donnaient.

— Je ne sais pas, admit-elle après quelques secondes. Le Prince Charmant n'est qu'une chimère développée dans les contes pour enfants et les Disney. L'homme de ma vie, en revanche… je me suis toujours dit que quelqu'un m'attendait, même s'il l'ignorait. Un gars qui ne serait pas parfait mais qui serait parfait pour moi.

Elle leva le museau vers le ciel, contemplant les nuages et les étoiles qu'elle pouvait percevoir au travers du voile. La vision d'un chat était bien différente de celle des humains, c'était indéniable !

— Le bienheureux, soupira-t-il. Il ne sait pas encore ce qui l'attend.

— Non, mais dis donc ! se scandalisa Jessica avant de rire à gorge déployée.

L'être surnaturel la détailla d'un air attendri en se faisant la réflexion que son futur compagnon irait de surprises en surprises, avec elle.

— Je ne pense pas que tu sois difficile, reprit la fée. Peut-être que tu fermes pas mal de portes… mais tant que tu restes fidèle à celle que tu veux être, je ne vois pas où est le problème.

Les personnes qui ne faisaient pas de contreparties étaient rares, bien plus encore celles qui s'y tenaient sans pour autant détenir un esprit obtus. Jessica ne jugeait pas. Elle avait juste décidé d'une ligne de conduite et la suivait. Elle finirait par trouver, il en était persuadé.

Avant ceci, cependant, ils avaient une soirée à terminer. Et une apparence de félin à expérimenter. Aussi, lui balançant un nouveau coup de patte sur le museau, il s'écria fièrement avant de détaler, laissant voltiger quelques poils dans l'air environnant :

— Touchée ! C'est toi le chat !

Jessica resta un instant stupéfaite, atterrée, la mâchoire pendante.

Il n'avait quand même pas… si ?

— Dis donc, Minette ! Le principe du Chat Perché, c'est que tu viennes me chercher ! s'écria-t-il, vingt mètres plus loin.

Ah si ! Il voulait *vraiment* qu'elle lui courût après ?

Voyant qu'elle ne bougeait toujours pas, Célian se fit la remarque qu'elle ne devait pas très souvent se lâcher et se laisser aller à la folie qui habitait chaque être vivant. Ce petit grain qui provoquait ce que les humains appelaient parfois « gamineries » et qui n'étaient autres que des éclats d'insouciance et de joie, sans peur du jugement prochain. Il désirait pourtant qu'elle s'abandonnât, au moins une fois dans la soirée. Rien de tel pour décompresser…

Comment la convaincre le plus rapidement possible ? Vu son caractère parfois enflammé, il ne voyait qu'une seule solution : la provoquer.

— Tu me déçois, Jess. Je te pensais moins coincée.

Les moustaches de son interlocutrice frémirent violemment. *Coincée ?*

— Attends voir ! s'exclama-t-elle avant de plonger à l'instar d'un renard vers lui.

Bientôt, les rues de Montmartre furent les témoins d'une course-poursuite enfiévrée de deux chats qu'on aurait cru piqués. Pourtant, Jessica et Célian s'étaient rarement autant amusés. Ils oubliaient la soirée qui défilait, les obligations de l'un, les problèmes de l'autre, n'étaient liés que par l'instant présent qu'ils partageaient à deux cents pour cent.

Enfin, la fée se rappela que minuit n'était qu'à quelques minutes et qu'il avait un dernier amour à lui présenter. Celui qu'elle espérait tant et qu'elle finirait par rencontrer.

Sans ralentir le rythme, il bifurqua, sauta quelques marches, évita deux ou trois barrières, passa d'ombres en lumières pendant quelques instants, sa protégée sur ses talons, et finit par sauter sur le rebord d'une nouvelle fenêtre, sur laquelle reposait un pot de fleurs endormies pour l'hiver.

Comprenant que le jeu était terminé, Jessica le suivit et grimpa à son côté, à peine essoufflée. Avant qu'elle n'eût pu observer à son tour ce que

Célian détaillait avec une attention incroyable et avec une tendresse inimaginable, il lui murmura :

— Je te présente le dernier amour.

Alors elle tourna la tête, sentant ses moustaches effleurer la paroi de verre qui les séparait... d'un couple d'environ soixante-dix ans, voire quatre-vingt. Ils se tenaient autour d'une petite table ronde, une chandelle en son centre, et partageaient une tarte d'un parfum qu'elle eut du mal à déterminer. Chocolat, peut-être ? Noix ? Les deux ? Peu importait.

Les quelques personnes âgées qu'elle connaissait auraient râlé d'avoir à veiller aussi tard. Mais à les voir, eux deux, ce grand homme aux cheveux courts et blancs qui se tenait bien droit sur sa chaise et cette femme au port encore altier, au chignon clair sûrement bien serré, à l'ancienne, tous deux emplis d'une humilité sans borne jusque dans leurs gestes... on savait ce qui leur permettait de ne pas se plaindre.

Il suffisait de capter le regard qu'ils échangeaient. Ce qu'ils partageaient. Ce repas n'avait rien d'extravagant par rapport au quotidien. Jessica était prête à parier qu'ils n'étaient même pas habillés de façon plus recherchée que leurs habitudes. Et pourtant... tout était différent.

La pièce embaumait l'amour qui illumine tout. Cet amour gagné face à la tourmente, à l'émerveillement sans cesse renouvelé, à la fidélité endurée. Ces deux aïeux s'étaient trouvés pour ne plus se quitter. Elle remarqua les alliances, coincés sur des doigts qui avaient dû gonfler sur les articulations, rendant impossible toute extraction sans césure. Elle vit les mains jointes, laissant l'autre libre pour qu'ils pussent manger doucement.

Elle eut envie de pleurer, soudainement.

Et ce fut pire quand elle entendit le petit vieux déclarer avec amusement :

— Tu resteras à jamais la meilleure des cuisinières. Et la meilleure des femmes.

Il accentua son propos en exerçant une pression sur la main de sa femme, qui lui rendit un sourire éblouissant de béatitude.

Est-ce qu'un chat peut larmoyer ? Sûrement que oui, puisqu'elle était en train de le faire.

C'était ce dont elle avait toujours rêvé. Un amour pour la vie, qui allât aussi au-delà de la mort… C'était si beau… si naturel… si parfait.

Oh, bien sûr. Ils avaient dû se disputer, parfois souvent. Ils avaient dû avoir des désaccords, élever des enfants, subir la fatigue, les ennuis, être désagréables l'un envers l'autre… mais ils avaient été plus loin. Ils vivaient quelque chose qui les dépassait et qui les englobait… qui les magnifiait.

C'en fut trop.

Elle détourna le regard, sauta et s'engouffra au milieu des ombres, loin de ce spectacle aussi ravissant que douloureux. Contempler votre aspiration la plus profonde sans pouvoir l'atteindre était aussi exaltant que dérangeant. C'était même plus que cela… c'était comme vouloir inspirer l'air et ne pas y parvenir, tout en sachant à quel point cela vous était essentiel pour continuer.

Célian ne remarqua pas immédiatement qu'elle avait filé. Ce spectacle l'avait lui aussi absorbé. La contemplation du véritable amour était toujours captivante et il considérait cela comme un retour aux sources. Loin des témoignages parfois brusques et impudiques des couples actuels, contempler autant de réserve exprimer l'amour infini, à la limite du divin, entre deux personnes… ne pouvait que le transcender.

Aussi, s'apercevoir que Jessica avait disparu fut comme une douche glacée. Il s'inquiéta immédiatement. Où était-elle passée ? Que s'était-il produit ? Comment ne l'avait-il pas remarqué ?

7.

Usant de ses pouvoirs de fée, il se laissa guider jusqu'à elle. Il parcourut une centaine de mètres – une distance relativement longue, tout de même, surtout pour un chat – et finit par la trouver, allongée sur le ventre sur de nouvelles marches, les deux pattes avant protégeant ses yeux mouillés.

— Jessica ? interrogea-t-il doucement.

— Va… t'en… Célian, hoqueta-t-elle.

— Je ne peux pas t'abandonner comme ça, protesta-t-il en s'avançant près d'elle.

— J'ai… survécu sans toi… je survivrai sans… toi, poursuivit-elle sans daigner bouger.

Il frémit, sentant ses mots le percuter sans vraiment comprendre pourquoi. Il tâcherait de saisir plus tard.

— Dis-moi au moins ce qui s'est passé, insista l'être surnaturel, deux marches plus haut.

— Ces... ce... ce... ils sont... sont magnifiques..., répondit-elle après un temps. Mais jamais... jamais je ne vivrai... ça.

— Mais si.

— Non ! Je n'y... crois plus !

Et voilà. Les mots terribles étaient sortis de ses babines félines. Elle avait éprouvé tant d'émotions en une soirée, retrouvé l'espoir, fini sur une apothéose qui aurait dû lui redonner foi en Cupidon. C'était ce que Célian avait prévu, c'était ainsi que cela devait se produire. Il n'avait absolument pas anticipé que malgré tous ses efforts, elle ressentirait une violente déchirure en contemplant l'amour indicible de ces deux êtres auxquels elle aurait tant voulu ressembler.

Cette cassure était aussi inattendue qu'incompréhensible. Elle-même ne comprenait pas du tout ce qu'elle signifiait, pourquoi elle possédait cette horrible certitude qu'un vide en elle ne pourrait jamais être comblé et que cet amour qu'elle recherchait ne pourrait jamais être partagé. Cela la dépassait et la terrassait.

Elle avait toujours cru en l'amour. Elle avait toujours voulu y croire, plutôt. Mais était-elle seulement destinée à aimer ? À être aimée dans le quatrième amour qu'il venait de lui présenter ?

Elle ne savait plus. Elle ne savait plus… elle n'y croyait plus. Ce constat la brisait, la vrillait, la propulsait loin, loin de tout repère, dans l'obscurité. Et comme une enfant apeurée, elle avait essayé de fuir, de se cacher des monstres qui avaient surgi de son cœur… d'elle-même. Mais comment échapper à ce qui vient de votre propre être ?

Célian, en face d'elle, stupéfait, statufié, la fixait sans la voir. Elle… elle avait dit qu'elle n'y croyait plus ? Co… comment était-ce possible ? Les Partenariats rendaient toujours la foi aux déplorés ! Cupidon lui avait assuré, c'était même pour ça qu'il avait accepté ! Et jusqu'à cet instant, cela s'était toujours vérifié ! Il ne comprenait pas ce qui était en train de se passer. La seule chose qu'il saisissait, c'était qu'il lui restait environ six minutes avant minuit, et qu'il ne pouvait pas la laisser ainsi. S'il l'abandonnait dans ce désespoir, elle ne retiendrait que cela au matin, il en avait l'amère conviction.

Il ne pouvait pas le permettre. L'idée même le scindait en deux.

Ne sachant trop que faire, il descendit les deux marches qui les séparaient et s'allongea devant elle. Suffisamment pour coller son museau contre le sien, alors qu'il lui semblait qu'il se fondait dans le ciment du sol.

Il n'y avait plus qu'à prier pour que personne n'en vînt à les écraser par mégarde.

Célian n'avait aucun mot pour elle. Tout semblait s'être évaporé à l'instant même où elle avait proféré ces paroles si puissantes. Alors il fit ce qui lui parut le mieux. Il regarda, pria… et resta.

Elle ouvrit les yeux quelques secondes avant minuit et le regarda, épuisée. Il était là.

Ils échangèrent un silence, une respiration, dix mille pensées. Jusqu'à ce que l'heure fatidique finît par sonner.

8.

— Cupidon ! hurla Célian en apparaissant dans une demeure au style antique. Cupidon !

Ses éclats de voix révélaient toute l'ampleur de sa fureur. Jamais encore il ne s'était laissé aller à de telles émotions. Mais jamais encore un Partenariat n'avait amené l'un de ses protégés à ne plus croire en l'amour !

Personne ne lui répondit. Il ne se démonta néanmoins pas, et gravit les escaliers en marbre blanc qui s'enroulaient pour monter à l'étage, avec une rambarde de bois noir. Son supérieur aimait étrangement concilier les opposés, quand il n'associait pas des teintes qui se rapprochaient de bien des façons alors que l'on ne l'aurait pas cru possible.

Jusque dans la décoration et l'architecture, Cupidon appliquait les maximes de l'amour. Toute son existence semblait tournée vers ce but, vers le lien qui unissait les êtres. Et alors là, justement, il allait entendre son subordonné. Hiérarchie ou pas, il n'allait pas y couper !

— Cupidon ! vociféra-t-il au premier étage. Je sais que tu es là ! Cupidon !

Devant lui se présenta une enfilade de couloirs qui menaient à des chambres qui n'étaient jamais occupées. Son chef avait une propension pour les grands espaces inutiles qui le laissait souvent perplexe. Il ne recevait jamais de monde et il vivait seul dans cet endroit. À quoi bon évoluer dans un labyrinthe comme celui-ci ?

Une seconde. Était-ce pour échapper à ceux qui viendraient le déranger, comme lui ? Le cas s'était-il déjà produit ?

C'en était trop.

— Cupidon !

— Mais ça suffit ! entendit-il pester. On ne peut plus dormir ?

La voix presque divine qui lui parvint appartenait sans nul doute à l'ange de l'amour. Ensommeillée, pleine de charme et qui vous faisait presque trembler. Les créatures angéliques faisaient cet effet à celles qui étaient d'un rang inférieur. La Bible racontait d'ailleurs que les humains tremblaient devant Dieu et craignaient de mourir rien qu'en le voyant. Ce n'était pas une légende. Si Cupidon ne diminuait pas son aura, cette dernière pouvait s'avérer insupportable pour ses interlocuteurs.

Dissimulation ou pas, Célian s'en fichait. Il n'avait que Jessica en tête, son désespoir et la colère que ça provoquait en lui. Alors, il s'approcha de la porte d'où provenait le son de voix.

— J'ai une réclamation, trancha-t-il froidement.

— Célian, c'est toi ?

Oui, contrairement à ce qu'on peut imaginer, tous les êtres surnaturels ne sont pas forcément alertes et toujours disponibles. Cupidon aimait aussi bien dormir, et la préparation de la Saint Valentin le laissait souvent sur les rotules. Alors il s'offrait des siestes, et manifestement, on venait de l'en tirer avec violence.

— Question stupide. Bien sûr que c'est toi, reprit l'ange. J'arrive.

La fée aurait pu s'inquiéter, puisque les pouvoirs de Cupidon étaient pharaoniques. Il n'en avait cependant cure. Aussi, il croisa les bras et attendit, vaillamment.

Cinq secondes plus tard, un ange faisant au moins deux mètres de hauteur apparaissait dans l'encadrement de la porte de chambre. Semblable aux modèles italiens de la Renaissance, ses cheveux blonds bouclés retombaient autour de son visage aux traits divinement ciselés, témoins d'une douceur incomparable ainsi que d'une détermination infaillible. Un nez fin, des lèvres juste assez charnues, des pommettes relevées sans que cela ne devînt anguleux, des yeux d'un bleu saphir saisissant, des sourcils épais mais bien taillés… il émanait quelque chose de typiquement féminin et terriblement masculin dans cet être. Cupidon était un ange asexué, et il avait hérité des caractéristiques inhérentes à ceux de son rang, dont une légère androgynie ainsi qu'une paire d'ailes aussi blanches que la neige, qui formaient comme un halo autour de lui.

Son style vestimentaire, en revanche, détonnait un petit peu avec la version classique qu'on pouvait se faire d'un envoyé du Ciel. Il portait un pantalon en jean, son habillement humain préféré, puisque sinon, il devait se contenter d'une tunique claire flirtant avec la toge, ainsi qu'un haut blanc à manches longues, qui semblait taillé sur mesure afin de mettre en valeur sa silhouette élancée mais musclée.

N'importe quelle fille avec de bons yeux aurait succombé à son charme.

Nous étions en effet loin du chérubin que les commerciaux avaient plaisir à représenter. Cupidon s'était en effet complu dans cette forme, avant de s'en lasser. Il préférait largement cette haute stature et toutes les possibilités qu'elle lui offrait.

Et puis… entre nous soit dit, il était plus simple de diriger une équipe de fées ou d'anges sous la forme d'un humain imposant doté d'ailes encore plus imposantes, qu'avec un joli minois d'enfant tout innocent. Ah, les canons de sociétés…

— Parle-moi de ta réclamation. En dix ans, c'est bien la…

— Elle n'y croit plus.

Encore légèrement endormi, l'ange retrouva immédiatement ses esprits et dévisagea son interlocuteur avec sévérité. Nul besoin d'échanger plus de paroles, ses pouvoirs lui permettaient de replonger mentalement dans le passé pour découvrir ce qui était survenu. Ce qu'il y découvrit le laissa perplexe. Il aurait dû anticiper tout ceci. Non pas pour l'empêcher, mais pour mieux le préparer.

Célian était la fée la plus fidèle et celle qui prenait le plus à cœur son rôle dans les Partenariats de Cupidon. Ce dernier avait toujours su que cela cachait quelque chose, bien que son protégé l'ignorât lui-même. Désormais, la lumière apparaissait enfin. Tout était logique, après tout…

— C'est normal, lâcha donc l'ancien angelot.

— Quoi ? éructa la fée.

— Je savais que ça finirait par arriver. Viens, allons nous asseoir.

Il ouvrit le chemin vers une des autres salles du couloir, et pénétra dans une pièce possédant une véranda lumineuse au possible, avec quelques vitraux par-ci, par-là, conférant une ambiance surréaliste à l'endroit. Quelques fauteuils d'un beige clair accueillant encerclaient une petite table où une mosaïque représentait en filigrane une Croix du Christ stylisée.

Célian s'assit sans se reposer contre le dossier, attendant la suite avec impatience et appréhension.

— Durant votre soirée, Jessica a rencontré l'homme de sa vie, expliqua le supérieur en appuyant ses coudes sur ses genoux. Avec tout ce qu'elle a vécu, elle ne s'en est pas rendu compte, mais son cœur, lui, l'a reconnu. Et il a compris que jamais leur histoire ne serait possible.

Entendre ces mots secoua fortement Célian. D'abord, sa protégée lui annonçait qu'elle ne croyait plus en l'amour alors qu'il ne vivait presque que pour ça, et ensuite, Cupidon confirmait avec plus de puissance ce qu'elle avait ressenti.

— Comment… Que…

— Je déteste tourner autour du pot, et tu le sais, intervint implacablement l'ange, pourtant sans verve ni colère. Donc je vais aller droit au but : l'homme de sa vie, c'est toi.

Célian fixa son supérieur pendant de longues secondes, comme si son cerveau avait été déconnecté du reste de son corps ou que ses neurones avaient disjoncté. L'ange ne cilla pas, se contentant de soutenir son menton avec sa paume, doigts repliés, en attendant que son interlocuteur voulût bien réagir.

Enfin, encore abasourdi, la fée plissa les paupières et déclara d'un ton péremptoire :

— C'est impossible.

— Rien n'est impossible.

La conviction dans la voix de Cupidon étonna son protégé.

— C'est une humaine et je suis une fée, protesta-t-il encore.

— C'est pour ça que son cœur a identifié votre amour comme impossible.

— Donc…

— Rien n'est impossible, je persiste, assura calmement le plus haut gradé.

— Je ne suis pas… amoureux d'elle ! tenta encore Célian.

— Pas encore, rectifia doucement son chef. Et avant que tu ne répliques quoi que ce soit de stupide, ose prétendre que tu ne voudrais pas encore entendre sa voix, la voir se débattre avec ce pigeon collant ou pouvoir rire avec elle. Ou la consoler, puisque tu as été là aussi pour ça.

Contrit, la fée réalisa qu'en effet, il désirait que cela se reproduisît. Sincèrement. Même s'il était persuadé que tout ceci n'était l'affaire que d'une amitié. Forcément. Son cerveau ne pouvait pas intégrer d'alternative pour le moment. C'était tellement hors normes, hors du cadre de ce qu'on lui avait enseigné depuis des années, qu'il peinait à se détacher de ce qu'il connaissait.

— Je… j'ai besoin de réfléchir.

— Tu vas avoir tout le temps de réaliser que tu voudras pendant une année, Célian. Le Partenariat vous a liés jusqu'à la prochaine Saint Valentin. Tu vas devoir la surveiller et intervenir quand elle ne répandra pas l'amour ainsi qu'elle le devrait, lui rappela gentiment l'ange en se redressant.

Ah oui, c'était vrai. Curieusement, la fée se sentit soulagée de cette mission et terriblement anxieuse. Ils allaient se revoir… et elle ne se souviendrait même pas de lui.

Comment aurait-il pu imaginer que son job de fée aurait pu l'embarquer dans pareille aventure ?

9.

Jessica se réveilla au petit matin, comme d'habitude, puisque qu'il était mercredi et qu'il fallait aller travailler. Elle n'anticipa que de deux minutes son alarme et se leva en tâchant de se remémorer sa soirée de la veille. Un sentiment diffus de panique la prit lorsqu'elle s'aperçut qu'elle n'y parvenait pas. Rémi l'avait plaquée, elle avait pleuré sur les marches montantes – ou descendantes, peu importait – de Montmartre et ensuite… elle était rentrée comme une âme en peine dans son petit appartement, s'était couchée et avait essayé d'oublier.

C'était ça, non ?

Alors pourquoi avait-elle terriblement envie de céréales et de thon ? Cette dernière lubie devait être due au repas qu'elle n'avait jamais pu partager avec son ex. Sûrement.

Mais ça n'expliquait pas pourquoi elle était tant fourbue, comme si elle avait couru à en perdre haleine ou qu'elle avait soulevé des poids, attendu que ses épaules la tiraient aussi.

Bon sang, mais que s'était-il produit ?

Avait-elle fait la nage papillon toute seule dans son lit cette nuit ? Un bon café noir lui fit oublier cette idée saugrenue qui, de toute façon, n'expliquait pas ses courbatures aux jambes. Ni l'indicible tristesse mâtinée d'espoir qui la tenaillait. Cela venait-il de sa rupture avec Rémi, et du nouveau départ que cela lui offrait ?

À dire vrai, si elle n'avait plus vraiment envie d'assommer cet imbécile avec une poêle à frire, elle possédait toujours de l'amertume à son encontre. Comment ne pas en avoir ?

Secouant la tête, elle partit se doucher et s'habiller pour une nouvelle journée qui s'annoncerait follement palpitante… ou pas. Son quotidien lui apparaissait tout d'un coup bien terne, sans surprise et sans issue. Cette impression la suivit pendant au moins une semaine, durant laquelle elle évolua comme une ombre, savourant une nostalgie peu coutumière pour son caractère souvent enflammé et joyeux.

Deux semaines passèrent. Curieusement, elle se sentait investie par un besoin de faire le bien, de transmettre l'amour autour d'elle. Comme si le fait de se retrouver seule l'ouvrait aux autres. Alors elle s'arrêtait, parfois, réfléchissait, discutait avec d'autres gens, écoutait leurs malheurs, les poussait à la clémence, à repartir du bon pied… alors qu'elle avait l'impression de s'enfoncer. La seule fois où elle laissa réellement ses émotions affleurer, ce fut lorsqu'un pigeon insistant la suivit pendant son trajet de retour jusque chez elle, essayant de s'inviter sur son épaule alors qu'elle souhaitait juste s'en débarrasser. Ce ne fut qu'avec un méchant coup de sac dans le bec qu'il s'arrêta enfin de l'enquiquiner. En lui offrant au passage un cadeau sur sa doudoune foncée.

Là, elle rêvait encore de cette belle poêle à frire, pour l'assommer et ensuite le cuisiner. Et elle crut entendre un rire d'homme, qui la poursuivit pendant quelques minutes, sans pour autant l'effrayer.

Ce ne fut que lorsqu'elle reçut son amie Myriam chez elle pour la consoler d'un chagrin d'amour, que sa vie bascula à nouveau.

Elle écouta ses déboires – son petit-ami l'avait trompée avec une autre – en lui offrant le thé, patiente, attentive, et essaya ensuite de trouver les mots justes pour la consoler. C'était hélas difficile. Un cœur brisé a parfois du mal à aider un autre cœur malmené.

Aussi, elle tâcha de relativiser en lâchant une phrase que la majorité des femmes a un jour dit dans ce siècle :

— Les hommes sont tous des connards.

Et le temps s'arrêta subitement. Sauf pour elle.

— Mais ça ne va pas, non ? tempêta un homme à côté d'elle, dans un nuage de paillettes.

Comme prévu, Jessica hurla un bon coup en sautant au bas du canapé.

Oui, les effets du Pont des Bonbons s'étaient parfaitement dissipés. Peut-être qu'elle mettrait moins de temps que la première fois à accepter l'improbable, mais rien n'était moins sûr.

— Que…, bégaya-t-elle sans réussir à formuler de pensée cohérente.

— On avait dit « répandre l'amour », jeune fille ! la tança Célian en se penchant vers elle. Pas décrédibiliser tous les hommes de cette planète !

— Vous, vous…

Qui était cet Adonis à l'air contrarié, aux yeux envoûtants et qui venait d'apparaître pour… figer Myriam ? Non, il n'avait pas statufié l'une de ses meilleures amies, quand même ? Et pourquoi avait-elle l'impression de le connaître ?

— Qu'as-tu à dire pour ta défense, belle enfant ?

Pour être honnête, rien du tout. Mais ses lèvres s'activèrent avant qu'elle ait pu trouver une explication rationnelle à cette situation invraisemblable.

— Phoque ?

Célian la regarda pendant une très longue seconde, atterré. Elle ne venait quand même pas de lui…

— Otarie ? réessaya-t-elle. Lion de mer ?

D'accord. Peut-être que les effets du Pont des Bonbons ne s'étaient pas totalement dissipés, finalement. Parce que pour utiliser l'argument « phoque » dans un plaidoyer, il fallait quand même le faire. Cette conversation avait tout de surréaliste et d'insensé : il aurait eu la même avec Juicy le Bisounours si elle s'était droguée aux pistaches grillées !

Alors qu'il retenait à grand-peine le fou rire qui lui montait dans la gorge, elle sembla réaliser ce qu'elle venait de balancer et posa les deux mains sur sa bouche, choquée. Jessica allait sortir un prétexte quelconque lorsqu'elle réalisa que c'était lui qui s'était invité chez elle en figeant son amie.

— Pourquoi je devrais me défendre ? Pourquoi… comment… vous… c'est quoi ce bordel ? couina-t-elle, toujours par terre.

— Je peux lui rendre la mémoire, chef ? soupira Célian. Elle ne m'écoutera pas, sinon. *Je* ne m'écouterais pas, si j'étais à sa place !

La jeune femme, encore en pleine possession de ses capacités intellectuelles – malgré des apparences trompeuses –, n'y comprenait que pouic. À qui parlait-il ? Et qui était-il, à la fin ?

La fée, quant à elle, n'avait pas tout à fait tort. Elle savait que c'était peine perdue : si Jessica ne comprenait pas la situation, elle freinait des quatre fers. La preuve en était du temps qu'il avait fallu pour la convaincre à la Saint Valentin. Ça aurait pu l'énerver, cela renforçait toutefois son affection pour sa protégée. Elle ne se laissait pas aisément embobiner !

Et comme Célian savait que Cupidon surveillait la scène de près, il ne s'était pas gêné pour l'inclure dans la conversation.

Je ne suis pas censé intervenir, lui rappela-t-il par la pensée.

Tu n'interviens pas, je te demande juste la permission, rectifia la fée sur le même mode.

Vas-y.

Le soupir qui accompagna la réponse ne lui échappa nullement. S'il n'avait pas été aussi excité à l'idée que Jess se rappelât de lui, il en aurait ricané. Désarçonner l'ange était un sport national, chez les fées qui travaillaient avec lui. Il fallait se lever de bonne heure !

Il claqua des doigts et Juicy le Bisounours apparut près de lui. Dès qu'elle vit Jessica, elle poussa un cri de joie et lui sauta littéralement dessus, tout en émettant son inimitable bruit de bâton de pluie. En pleine effervescence, le bâton de pluie !

La jolie blonde n'eut même pas le temps de hurler. Elle se trouva rapidement ensevelie sous une montagne de fourrure peluche et ne tarda pas à se faire la réflexion qu'elle ne se souvenait pas d'une Juicy aussi imposante lorsqu'elle avait été sur le Pont des Bonbons.

Une minute.

Juicy ? Pont des Bonbons ?

— Célian ? interrogea-t-elle brusquement, étouffée par la masse rose.

— Mission accomplie ! s'exclama la peluche. Retour au Pont !

Deuxième claquement de doigts, et les paillettes étourdirent la jeune femme. Il n'y avait désormais plus qu'elle, Célian et… Myriam, toujours figée.

— Que… c'est quoi ce bordel ? couina-t-elle à nouveau.

Puis elle réalisa.

— Tu m'avais volé mes souvenirs ! l'accusa-t-elle violemment.

Tiens, c'était un changement dans sa routine passive, ça. Elle n'avait plus ressenti d'émotions aussi fortes depuis… depuis la Saint Valentin. Hormis une douleur étrange au creux de la poitrine, une absence d'envie généralisée… ses émotions se faisaient discrètes. Là, elle retrouvait un flot d'émois qui la perturbait. Étrangement, au lieu de la rendre malade, cela la fit se sentir plus vivante.

Elle s'appesantirait toutefois plus tard sur ces éléments. D'abord, elle allait déverser une partie de ce trop-plein sur Célian.

— Tu n'avais pas le droit ! continua-t-elle en se relevant pour se mettre debout.

— C'était la règle, Jess, tenta de la raisonner la fée.

Mais qui voulez-vous convaincre lorsque vous n'y croyez pas vous-même ?

— Je me fous de tes règles à la con ! tempêta-t-elle en attrapant un coussin bien rembourré aux couleurs pastels.

Et elle lui balança un grand coup pour se défouler. Elle ne désirait même pas analyser ce qu'elle vivait, pour quelle raison précisément elle était tellement en pétard contre lui, non, il lui était simplement nécessaire de sortir ce qu'elle ne parvenait pas à supporter.

Sonné, stupéfait, Célian ne chercha même pas à user de ses pouvoirs pour l'arrêter. Il se prit un méchant coup de coussin sur la tête, puis un second dans l'épaule, avant d'essayer de se débattre comme il le pouvait. Ce cirque dura environ quinze secondes, puis il lui attrapa un poignet et la tira contre lui, la faisant s'asseoir sur ses genoux.

Elle continua ses frappes, enragée.

— Mais arrête, enfin ! ronchonna-t-il. Je suis désolé, dé-so-lé !

Enfin, il grogna quelque chose et le coussin éclata en un nuage de plumes et de paillettes surréaliste. Profitant de sa surprise, la fée la ceintura et lui bloqua les poignets avec un morceau de corde qu'il fit aussi apparaître en même temps.

— Pourquoi tu es là, d'abord ? l'agressa encore Jessica.

Allait-elle le laisser parler ? Ça restait encore à voir. Vu son état d'agitation, qui la rendait lumineuse mais assez dangereuse, il avait un sérieux doute. Il devait cependant admettre que la voir enflammée à ce point lui conférait un éclat auquel il n'était pas indifférent. À l'observer régulièrement jusqu'à cet instant, forcément... Cupidon n'était peut-être pas totalement tombé à côté de la plaque. Pas du tout, même. Il lui restait juste à l'admettre.

— Oh, et puis je m'en fous ! Lâche-moi !

Voilà. Il ne pouvait pas en placer une !

Agacé, il plaqua une de ses larges paumes sur ses lèvres, l'empêchant ainsi de s'exprimer.

— Maintenant, tu m'écoutes, espèce de furie, déclara-t-il posément. Que tu le veuilles ou non, que tu t'en souviennes ou non, nous sommes liés pour une année entière par le Partenariat de Cupidon. Tu dois répandre l'amour chaque fois que tu le pourras jusqu'à la prochaine Saint Valentin, ce que tu n'étais clairement pas en train de faire !

Elle riva son regard au sien, détaillant le chocolat de ses iris, s'y noyant, avant de refaire surface avec brusquerie. Elle tourna la tête pour se dégager, et ainsi riposter :

— Et toi, tu devais me faire retrouver la foi en l'amour avant minuit !

Le reproche claqua dans l'air, pinçant leurs deux cœurs. Elle, parce qu'elle aurait tellement espéré qu'il réussît... lui parce qu'il ne voulait pas croire qu'il avait échoué. Parce qu'il ne voulait pas tout à fait accorder du crédit aux propos de son supérieur.

Alors oui, une affection inattendue le liait à cette jeune femme au caractère surprenant. Une attirance, peut-être, aussi. Néanmoins, de là à parler d'amour ?

— Tu n'y crois vraiment plus ? questionna-t-il durement.

L'interrogation fit monter les larmes aux yeux de la demoiselle, qu'elle peina à refouler. La tempête émotionnelle se poursuivait sans relâche : elle passait d'un extrême à l'autre et elle détestait cela.

— Non, répliqua-t-elle, la voix tremblante.

La douleur dans la poitrine de Célian se fit vivace, comme si on lui déchirait littéralement le battant. Qu'est-ce que c'était encore que ça ?

Si tu pouvais écouter un peu ton cœur, ce serait bien, lui fit remarquer Cupidon.

Je croyais que tu ne devais pas intervenir ? railla la fée aux épis blonds sans cesser de fixer Jessica.

Je dois répandre l'amour, moi aussi. Alors arrête de te blinder ou je m'en mêle.

La menace était peut-être factice, sûrement, à dire vrai, le message restait cependant important à écouter. Il était vrai qu'il avait essayé de dresser un mur entre lui et sa protégée parce qu'il craignait que son chef lui ait dit la vérité. Mais après tout, pourquoi l'ange aurait-il décidé de lui mentir ? En fait, Cupidon ne mentait pas. Jamais. Une partie du jeune homme l'avait pourtant espéré. Parce que c'était énorme. Il n'aimait pas Jessica. Ou... si ? Non. Si ?

— Pourquoi ? demanda-t-il en faisant taire la cacophonie de ses pensées.

Tiens, c'était vrai, ça. Pourquoi n'y croyait-elle plus ?

Elle sentit encore ses yeux s'emplir de larmes. Elle n'avait pas de raison. Toutefois, se retrouver sous le regard transperçant de Célian la retournait toute entière. Ce fut à cet instant qu'elle comprit pourquoi elle lui en voulait tant : il lui avait manqué. Une part d'elle avait beau l'avoir oublié – son *esprit* avait beau l'avoir oublié –, son cœur avait déploré sa perte. Était-ce donc pour ça qu'elle s'était sentie éteinte depuis cette fameuse veillée ?

Mais enfin ! Ils n'avaient passé qu'une seule soirée ensemble ! Et c'était une fée !

Et en quoi est-ce que ça empêche le fait qu'il t'ait manqué ?

La voix de sa conscience pouvait toucher vraiment juste, parfois. Zut.

— Je ne sais pas, chuchota-t-elle avec amertume. Je ne sais pas.

Les deux eurent soudain cruellement conscience de leur proximité, mais aucun ne bougea. Au contraire, c'était comme si on les avait figés, collés. La jeune femme sentit son rythme cardiaque s'accélérer encore plus en réalisant que l'air vibrait d'électricité. Que se passait-il ?

Mû par une impulsion soudaine, Célian encadra le visage de Jessica de ses mains et se rapprocha un peu d'elle, sans cesser de la fixer droit dans les yeux.

— Tu n'y crois vraiment plus ? insista-t-il encore.

Sa voix avait baissé d'un ton. Un frisson parcourut l'échine de sa protégée, qui déglutit. Impossible de secouer la tête avec l'étau de ses doigts. Alors, elle laissa ses larmes rouler sur ses joues, creuser des sillons profonds, comme s'ils étaient faits de lave en fusion.

Bouleversé par ces perles de cristal, par la souffrance qui émanait d'elle, l'être surnaturel essuya ses pommettes avec ses pouces, tendrement. Il ne supportait pas de la voir aussi triste. Jamais encore il n'avait été ravagé par autant de sentiments, à ne plus savoir quoi penser. Pour être honnête, son esprit ne guidait plus la marche.

Elle ferma les yeux, comme pour ravaler sa peine. Elle sentait le souffle de Célian sur son visage, et son cœur ne semblait pas pouvoir en tolérer autant. Comme si ce rapprochement était aussi douloureux que magique, comme s'il n'avait jamais osé en espérer autant alors qu'il n'avait besoin que de cela.

Ils se rapprochèrent encore, encore… jusqu'à ce que leurs lèvres se touchent presque.

— Jessie ?

Si quelqu'un était entré dans la pièce, il aurait trouvé un nuage de paillettes formant un brouillard assez épais et deux jeunes gens assaillis par un tourbillon d'émotions démentiel, l'une sur les genoux de l'autre, assis tous deux près d'une demoiselle étonnée et perdue, complètement aveuglée.

La belle blonde ouvrit les yeux et… s'aperçut qu'elle était seule – libérée de toute entrave – en compagnie de son amie, qui clignait des paupières avec stupéfaction.

Cette fois-ci, elle avait gardé ses souvenirs et bien qu'elle fût encore choquée, elle saisit rapidement ce qui venait de se produire. Elle rassura tant bien que mal Myriam, lui expliquant qu'avoir trop pleuré pouvait amener à quelques éblouissements, tâcha de la réconforter avec de doux sourires, des paroles rassurantes, sans laisser paraître son trouble – ce qui tenait du miracle après le cyclone sentimental qu'elle avait traversé.

Un seul constat l'obsédait pourtant, et la ruinait tout autant.

Célian allait l'embrasser, mais il avait préféré s'enfuir et l'abandonner.

10.

Mais qu'est-ce qui m'arrive ? Ohlala. Ooooohlalala !

Posant une main tremblante sur son cœur dont il peinait à ralentir les battements, Célian ne savait absolument plus à quel saint se vouer. Son esprit n'était qu'un fouillis de pensées, de ressentis et de nœuds inextricables l'empêchant d'aligner une pensée cohérente.

La seule chose qui restait fixe, c'était l'image de Jessica.

Jessica qu'il avait failli embrasser.

Son cœur reprit sa glorieuse danse effrénée. Ça n'allait pas du tout. Pas *du tout* ! Non seulement il avait perdu le contrôle de ses pouvoirs – chose qui ne lui était plus arrivée depuis ses onze ans – mais il avait failli embrasser sa protégée. Et son cœur se déchirait de ne l'avoir pas fait.

Ohlalala !

Pourquoi réagissait-il ainsi ? Parce que ce qu'il venait d'expérimenter dévoilait la profondeur de sentiments qu'il avait essayé de nier ? Comment pouvait-il déjà avoir pareils sentiments, hein ? Ça n'avait pas de sens !

Bon, on l'aura compris, la fée masculine perdait pied. Ça arrive, parfois, quand on affronte une situation qui nous dépasse. On blesse des gens, on dit des choses qu'on ne fait que penser sur l'instant parce qu'on essaie de se raccrocher à quelque chose de tangible… et on fait de grosses bêtises.

Cupidon savait tout ça, raison pour laquelle il s'invita auprès de lui, au beau milieu d'un nuage. Il faut dire aussi que Célian avait une conception particulière d'un endroit tranquille, même s'il était certain que peu de personnes seraient venues le déranger à cet endroit.

— Je ne comprends pas très bien pourquoi tu t'es enfui, énonça-t-il platement en haussant un sourcil, perplexe.

Disons plutôt qu'il oscillait entre plusieurs hypothèses fortement probables sans savoir laquelle choisir.

Le plus jeune des deux – le plus perturbé, aussi – sursauta violemment et pivota vers son supérieur d'un seul mouvement.

— J'ai failli l'embrasser ! glapit-il, paniqué.
— Et ?

Le stoïcisme de l'ange coupa court aux débordements de Célian. Pourquoi... pourquoi n'était-il pas plus chamboulé que cela ?

— Rien n'indique que tu n'aurais pas dû le faire, le renseigna Cupidon.

— Mais... mais... il n'y a pas une règle ou...

— Jamais encore une de mes fées n'était tombée amoureuse de son ou sa protégée, raison pour laquelle je n'ai jamais eu à spécifier quoi que ce soit. Les êtres surnaturels ont une autre vision de ce genre de rapprochements : ils n'ont lieu que lorsque les sentiments sont très forts. Les humains sont... ils ont perdu cette manière de voir les choses.

Assimilant doucement les paroles de l'ancien chérubin, le partenaire de Jess finit par demander d'une voix rauque :

— Elle allait m'embrasser aussi... ça ne signifiait donc rien pour elle ?

— Ça signifiait donc bien quelque chose pour toi, répliqua son interlocuteur ailé en attrapant la balle au vol.

Mouché, Célian s'arrêta quelques secondes pour faire le point sur ses sentiments qui commençaient à devenir à peine plus clairs. Qu'est-ce qui le terrassait le plus : l'idée qu'elle n'eût rien ressenti ou la puissance de ses propres sentiments, qu'il croyait imaginaires ? Son visage s'imposa encore à son esprit et il gémit avant de grogner.

La première option. Imaginer qu'elle se serait laissée embrasser sans rien éprouver à son encontre le vrillait tout entier. Imaginer même qu'elle n'avait aucun sentiment à son égard le rendait malade.

— Qu'est-ce qui m'arrive ? questionna-t-il en levant le regard vers la mine compatissante de son chef.

— Maintenant que tu prends la pleine mesure de ce qui t'arrive, de ce qui t'anime, on va dire qu'une partie de toi ne l'accepte pas bien. C'est très soudain et c'est normal. La race des fées a toujours été beaucoup plus émotive que les humains. La découverte de votre moitié est un grand évènement, mais la reconnaissance est quasiment immédiate entre vous. Rares sont les humains dont la reconnaissance est aussi rapide. Il leur faut du temps et là, tu en fais les frais, d'autant plus que tu t'es persuadé que tu ne devais jamais toucher à une protégée et que le monde des humains et celui des fées étaient dissociés. C'est faux : ils ont été séparés il y a des siècles afin de préserver les tiens de la perversion de certains. Rien n'empêche que des unions surviennent de temps en temps.

Cupidon parlait un peu dans le vide, il en avait cependant conscience. Les monologues ne lui étaient pas étrangers. Célian intégrerait les faits au fur et à mesure, quand il serait capable de le faire. Pour l'instant, l'ange se contentait de lui balancer les infos pour le rassurer.

Il ne doutait cependant aucunement de sa capacité à se remettre et surtout à tout arranger.

11.

Ayant retrouvé la totalité de ses souvenirs, Jessica sembla revivre, tout en faisant face à l'immense plaie béante que l'attitude de son protecteur avait ouverte. Il avait failli l'embrasser et s'était rétracté. Il l'avait abandonnée sans même un mot…

Consciente qu'elle s'était laissé glisser sur une pente dangereuse avant ce soir-là, Jess décida de se concentrer sur la colère qui bouillonnait en elle. Selon elle, mieux valait couver un brasier plutôt que de sombrer dans un glacier duquel elle ne parviendrait jamais à s'extirper.

Quelque part, elle avait raison. D'un autre côté… la colère était un sentiment qu'il fallait sans cesse entretenir, nourrir. Parviendrait-elle à la maintenir jusqu'à sa prochaine entrevue avec Célian ? Le reverrait-elle seulement ?

Une semaine plus tard, elle n'en put plus et ouvrit sa fenêtre pour parler à la Lune. Idée saugrenue, somme toute, puisqu'il faisait froid, humide, et qu'il n'y avait aucune certitude que la fée l'entendît. Néanmoins quitte à bavarder dans le vide, autant donner l'illusion de s'adresser à quelque chose.

Mais voilà, elle ne trouva rien à dire. Rien qui lui semblât juste, pertinent… en accord avec ce qu'elle ressentait. Alors lui vint l'illumination d'utiliser le même moyen que celui qui l'avait fait surgir dans sa vie. Elle prononça donc, sur un ton de défi mêlé d'une colère mal contenue :

— Connard de Cupidon !

Elle dévisagea l'astre, à défaut de voir apparaître celui qui faisait saigner son cœur et espérer impatiemment un retour, une étreinte… et des envies totalement stupides qu'une jeune femme n'aurait pas dû avoir après si peu de temps en sa compagnie.

— Allons bon, entendit-elle dans son dos. Qu'est-ce que j'ai encore fait ?

Elle bondit et fit demi-tour tellement rapidement qu'elle manqua en perdre l'équilibre. Qui… qui venait de parler ?

— Qui est là ? demanda-t-elle en tâchant de masquer son trouble.

— Moi, lui répondit-on.

— Où…, débuta-t-elle.

— Là. Non, pas là. Là, rectifia-t-il en la voyant chercher à l'autre bout de la pièce. Plus bas. Encore. Encore ! Là. Sur le meuble.

Obéissant aux injonctions, Jessica finit par laisser ses iris se poser sur une petite décoration blanche en forme d'ange. Ce dernier était d'ailleurs représenté en train de faire un saute-mouton par-dessus une rose. Elle avait craqué sur cette bouille d'enfant et cette position si peu formelle pour un être ailé, lui évoquant l'insouciance de l'enfance.

Et ce truc, posé sur sa table basse, était en train de lui parler. Rien n'avait changé, si ce n'était le fait que les traits de son visage s'activaient désormais.

Malgré la récupération de ses souvenirs, ainsi que les nombreuses inhalations du Pont des Bonbons, la jolie blonde ne put absolument pas accorder de crédit à ce qu'elle contemplait. Voir des trucs loufoques, oui. Parler au bibelot de son salon, quand même pas.

Et pourtant…

Une part d'elle alla plus loin que son refus cartésien.

— Expliquez-moi donc dans le blanc des… ah, zut. C'est vrai, je suis tout blanc, remarqua la statuette en fronçant les sourcils. Expliquez-moi pourquoi vous m'insultez.

Il fallut deux secondes et demie pour que Jess intégrât l'information.

— Cupidon ? lança-t-elle en ouvrant de gros yeux.

— Pour vous servir. Alors ?

— Alors quoi ?

— Pourquoi vous m'insultez ? Encore ?

— Vous m'avez envoyé Célian et j'ai des comptes à régler avec lui.

— Ça n'explique pas pourquoi c'est moi qui me fais insulter, lui indiqua-t-il platement.

Décidément, elle avait du mal à s'adresser à un angelot de plâtre qui possédait la voix d'un homme affirmé, bien qu'elle fût très douce et harmonieuse, comme si on avait essayé d'apposer des touches féminines à un être masculin jusque dans sa manière de s'exprimer. Et son malaise ne s'arrangeait pas, du fait qu'il avait pertinemment raison.

Tout à coup, sa tentative lui parut bien désespérée et complètement stupide. Surtout stupide. Et honteuse, aussi.

— Excusez-moi. J'ai cru qu'en réitérant mon faux-pas de la Saint Valentin, ce serait lui qui apparaîtrait, expliqua-t-elle piteusement. C'était stupide mais… je ne sais plus quoi faire. Et puis c'est quand même de votre faute, au départ ! S'il n'était pas entré dans ma vie, ce ne serait pas le bordel comme aujourd'hui !

— Et c'est reparti…, grommela-t-il en ferma les paupières.

S'il avait pu, il se serait pincé l'arête du nez.

Les humains avaient toujours tendance à rejeter la faute sur autrui, déjà, et ensuite à vouloir absolument trouver un responsable aux malheurs ou incompréhensions qui peuplaient leurs vies. Loin de s'avouer vaincu, pourtant, Cupidon rebondit sur son accusation :

— Parfait ! Je n'ai plus qu'à vous retirer encore vos souvenirs, puis à l'empêcher de vous revoir et le problème sera résolu.

— Mais ça ne va pas, non ? s'écria Jessica. Et le Partenariat ?

— Une autre fée s'occupera de vous et vous incitera subtilement, inconsciemment, à suivre la bonne conduite, détailla calmement l'ange.

Hein ? Mais il n'était pas sérieux, si ?

Bien sûr que non, mais Jessica ne pouvait pas le savoir. Sauf si elle s'admettait quelques vérités en écoutant son cœur palpitant, ce que Cupidon ne désespérait pas qu'elle fît avant la fin de la conversation. Comment aurait-il pu séparer ainsi deux âmes sœurs qui s'étaient finalement trouvées ? Il était là pour réunir, pas pour diviser ! Pour y parvenir toutefois, ils devaient ouvrir les yeux et arrêter de se mettre des barrières sur la base de la raison, du bon sens et de tout ce que les humains/fées/créatures potentiellement dotées d'un cerveau et d'une conscience utilisaient pour se trouver des excuses afin de ne pas accepter le divin, ou ce qu'ils ne comprenaient pas. Autant dire que ça n'était pas encore gagné.

— Vous ne pouvez pas faire ça, répliqua calmement la jeune femme.

— Donnez-moi une bonne raison, l'incita-t-il d'une voix douce.

— Vous répandez l'amour sous toutes ses formes, pas la douleur ni la séparation !

La discussion prenait en effet un tour intéressant.

— J'en conclus donc que vous éloigner de Célian provoquerait une douleur, résuma l'ange posé sur la table.

C'était difficile à admettre, mais puisqu'il fallait en passer par là pour le revoir et arrêter de gamberger pour se rendre folle, Jessica n'hésita que peu. Même si elle ne comprenait pas, elle pouvait bien admettre que rencontrer la fée avait été quelque chose de merveilleux et que même si ce presque-baiser n'avait pas eu lieu, il lui aurait quand même manqué. Donc…

— Oui.

Cupidon se félicita, et autorisa même la statuette de plâtre à remuer un peu les ailes en signe d'approbation. S'il avait pu, il aurait même fait une mini-danse de la victoire. Il était sur la bonne voie ! Un peu de persévérance, beaucoup de patience, un élan d'ingéniosité et peut-être qu'à la prochaine Saint Valentin, il aurait un autre couple à ajouter à sa longue liste. Mais en attendant…

— Vous avez raison. Je vais voir ce que je peux faire, énonça-t-il comme si cela l'indifférait presque.

Et il quitta l'enveloppe décorative dans laquelle il s'était glissé pour quelques instants. Jessica se laissa tomber sur son canapé, serra l'un de ses coussins contre son torse et essaya de remettre de l'ordre dans ses idées. Au fond d'elle, une petite voix lui soufflait que malgré ses incertitudes, elle pouvait se laisser aller à la sérénité. Les choses finiraient par s'arranger.

12.

Ça, oui, les choses finiraient par s'arranger... une fois que Célian se serait décidé. Parce que s'il avait enfin admis qu'il était tombé amoureux de la jeune femme, il ne parvenait pas à croire qu'elle pût ressentir la même chose à son encontre. Comment l'aurait-elle pu ? Elle l'avait vu uniquement deux fois, tandis que lui la suivait, la veillait et…. bref. Alors peut-être que son cœur l'avait reconnu, néanmoins il restait sur ses positions et attendait l'heure où Jessica réaliserait qu'elle l'aimait à son tour. Si ce jour finissait par arriver, évidemment.

Si Cupidon avait été du genre à se taper la tête contre les murs, il l'aurait fait. Après tout, sa demeure contenait suffisamment de pièces pour se permettre ce style de bêtises, mais il se retint. Il rongea son frein, persuadé que quelque chose surviendrait rapidement pour les réunir.

Et puis, au bout de deux mois, il en eut assez. Aucun des deux n'était heureux et ils attendaient chacun que les étoiles tombassent du ciel en une pluie de paillettes au goût de miel. Autant dire que ça pouvait encore continuer longtemps sur le même régime.

Le printemps était bien entamé, et les arbres présentaient de jolies fleurs qui auraient fait rêver n'importe quel cœur un tant soit peu romantique. C'était là, dans une allée sortie d'un conte de fées, que Jessica avait trouvé refuge et se baladait, les pensées toujours tournées vers Célian. Elle commençait à se décourager, se traitant d'idiote pour avoir voulu y croire alors que tout était si étrange au final. Et puis, croire à quoi ? Qu'il pourrait se passer quelque chose ?

Elle évoqua le souvenir de son souffle sur ses lèvres et une petite rougeur enflamma ses joues, tandis qu'une nuée de papillons s'emparait de son ventre. Zut ! Pourquoi cela ne s'effaçait-il pas ? Elle aurait voulu garder ses souvenirs mais atténuer ses ressentis. Vivre avec tout ça était pesant.

La fée l'observait, du haut d'un arbre, invisible, comme toujours. Ses pensées lui étaient inaccessibles, il n'appréciait cependant pas du tout la mélancolie qui se peignait sur ses traits. Était-il à l'origine de cette moue désabusée ? Son cœur se serra à cette idée.

Il n'eut toutefois pas le temps de s'appesantir sur cette sensation. Perdue dans ses divagations, Jess ne remarqua pas le jeune homme qui s'avançait à contresens, en train de checker son téléphone. Ils se percutèrent, s'excusèrent à moitié en grommelant, avant de réellement se regarder pour rester figés.

— Jessica ?

— Roméo ?

Roméo ? Mais qui s'appelle encore Roméo ? pesta le protecteur sans ouvrir la bouche.

Et en plus il était bellâtre ! Le comble !

Les deux humains se détaillèrent encore une seconde, stupéfait que la vie les eût remis sur le même chemin après quelques années. Les béguins de lycée se revoyaient rarement une fois les études terminées… surtout quand ils n'avaient été que cela : des béguins. Roméo observa cette jeune fille devenue femme, avec un quelque chose d'encore innocent qui devait faire craquer la gente masculine. Ses cheveux blonds, son corps élancé non départi de formes gracieuses et cet éclat dans le regard qu'il n'avait jamais réussi à complètement déceler. Ce petit mystère qu'il n'avait jamais résolu et qui l'avait au départ attiré. Elle s'était affirmée, n'avait cependant pas tant changé. Physiquement en tout cas.

Jess, quant à elle, remarqua que le grand adolescent imberbe avait fini par obtenir une barbe qu'il ne devait pas raser souvent. Cela lui conférait pourtant un charme viril auquel elle n'était pas tout à fait insensible. Il avait encore un peu grandi, sa carrure s'était légèrement développée bien qu'il restât fin. Juste en dessous de ses cheveux blonds comme les blés, ses yeux bleus la sondaient et elle eut encore une fois la désagréable impression qu'il essayait de comprendre en elle ce qu'il n'avait jamais pu saisir. Ses rêves qu'il n'avait jamais su contempler. Lui non plus n'avait pas changé, malgré son allure de beau gosse, habillé simplement mais élégamment.

— Ça fait longtemps, remarqua finalement Roméo avec un petit sourire.

— C'est vrai, opina la jeune femme en remettant son sac en bandoulière sur le devant.

Comme une protection inconsciente.

— Que deviens-tu ? poursuivit-il, intéressé.

Loin de là, suivant en pensées ce qui était en train de se dérouler, Cupidon appréciait cet échange de banalités qui ne devait pas en être un pour celui qui était en train de les observer. Le hasard n'existait pas. Une simple envie de détour implantée dans l'esprit de Roméo avait permis un petit chamboulement dans leurs vies…

Comme de bien entendu, Célian grinçait férocement des dents. Il voyait bien le regard intrigué de cet inconnu qui dévorait sa protégée des yeux. Et les discrets sourires de cette dernière n'étaient pas pour le rassurer. La jalousie ? Il n'avait encore jamais testé et l'expérience était pour le moins cuisante. Il bouillonnait et détestait cette incertitude, cette peur qu'il avait qu'elle ne partît avec ce… lui, là ! Il lui fallut une énorme retenue pour ne pas apparaître vers son aimée, l'arracher à cette discussion et surtout transformer ce gars en statue de sel ou en Bisounours mal léché.

— Ça m'a fait plaisir de te voir, Jess. Ça te dirait qu'on aille boire un café ensemble, un de ces quatre ? proposa finalement Roméo avec l'éclat d'un espoir dans le regard.

Il était célibataire, elle aussi, et même si elle était incapable de se détacher de l'image de Célian, la jeune femme se fit la réflexion que cela ne pouvait pas faire de mal. Elle accepta donc et lui laissa son numéro, qu'il s'empressa d'enregistrer sur son téléphone avant de lui taper une bise un peu trop proche des lèvres pour qu'elle ne comprît pas ses intentions.

Un sourire effacé plus tard, un vague signe de la main, elle continuait son chemin.

Et si le destin voulait que Roméo fût celui qu'elle attendait ? Et... Célian dans tout ça ?

Le concerné, n'en supportant pas plus, se téléporta pour apparaître devant elle dans un magistral nuage de paillettes et un son de harpe enchanteur. Pour autant, si le tout invitait à l'émerveillement, le ton qu'employa la fée la fit tout de suite déchanter.

— C'était qui, lui ?

Pardon ?

— Un camarade de lycée, répliqua-t-elle en croisant les bras après un instant de silence.

C'était quoi cette agressivité, hein ? Pourquoi décidait-il de revenir maintenant ? Et comme ça ? Et pourquoi se justifiait-elle, d'abord ? En quoi ça le concernait ? Comme si elle allait se soumettre à ses caprices et ses questions sans rien dire !

Et pourtant, elle eut l'impression de se nourrir et de respirer en détaillant les traits de son visage. Elle ne chercha pas à comprendre pourquoi il lui avait tant manqué. C'était un fait, une déchirure qu'elle ne parvenait pas à ignorer, même si c'était complètement insensé.

Elle plongea donc dans son regard chocolat pour y contempler une tempête à laquelle elle n'était pas préparée.

— Un *camarade* ? reprit-il en approchant d'un pas.

Sans même s'en rendre compte, il la mettait au défi. Allait-elle nier ?

— C'était mon béguin de seconde, admit-elle après un silence pesant, sourcils froncés. Il est parti dans un autre arrondissement avant que quoi que ce soit ait pu se passer. Je l'ai oublié en un été.

— Eh bien, ce n'est apparemment pas son cas ! siffla-t-il.

— Qu'est-ce qui te prend ? riposta-t-elle sévèrement. Qu'est-ce que ça peut te faire ? Tu devrais te réjouir qu'un gars s'intéresse à moi, non ? C'est peut-être lui, l'homme de ma vie !

Elle n'y croyait pas une seconde. Non, pas une seconde. Sauf qu'elle avait besoin de le provoquer, de le pousser dans ses retranchements. Il n'avait pas le droit de venir bouleverser sa vie comme ça ! Ça suffisait ! Assez !

— Certainement pas ! chuchota violemment Célian dont les yeux lançaient des éclairs.

Comment pouvait-elle proférer ce genre d'âneries ? Ne sentait-elle vraiment rien ? Son cœur ne battait-il pas aussi fort que le sien ? Était-il donc le seul à percevoir ce qui les unissait ?

— Qu'est-ce tu en sais ? insista-t-elle encore, en colère. Pourquoi je te croirais ?

Lâchant brusquement la bride de sa retenue, de sa raison qui lui intimait de rester posé, calme, il brisa les quelques centimètres qui les séparaient encore et prit son visage entre ses grandes mains, la regardant en baissant légèrement le menton.

Il ne l'embrassa pas. Il s'était promis que si cela devait se produire, ce serait à elle d'initier le mouvement, pour lui montrer qu'elle en avait vraiment envie et que pour elle aussi, cela signifiait quelque chose. Même s'il en crevait d'envie. Tout comme il ne souhaitait que hurler au monde qu'elle était sienne et que personne d'autre n'avait le droit de l'approcher, de la toucher... Ce n'était néanmoins pas le cas. Pas encore, du moins. La fée se contenta donc de murmurer les mots qui allaient tout changer :

— Parce que c'est moi, l'homme de ta vie.

La raison de la jeune femme eut un raté, ouvrant en grand la brèche pour que son cœur pût s'exprimer. Ainsi résonna en elle un « oui » qui la secoua toute entière.

Ses paupières clignèrent une fois, deux fois… s'emplirent de larmes qu'elle ne chercha même pas à refouler et elle se hissa pour imprimer la marque de ses lèvres sur celles de Célian.

Dès lors, le monde n'exista plus. Il n'y eut plus que les deux amants qui cessaient de jouer au chat et à la souris. Pris par le feu de ses sentiments, il goûta ses lèvres comme s'il accédait au fruit du bonheur absolu, avec tendresse, lenteur et délectation, tout en glissant une main sur sa nuque et l'autre sur ses reins pour la rapprocher encore. Ce fut elle qui encadra son visage de ses doigts, savourant cette étreinte comme si ce devait être la dernière, comme si elle apprenait enfin le sens du verbe « vivre ». Les papillons envahirent son système, l'enflammèrent et elle se cramponna fermement à lui, continuant à savourer ce baiser qui avait un goût sucré, malgré ses larmes.

Complètement renversé, Célian finit par s'écarter un peu pour la contempler. Son maquillage avait un peu coulé et ses perles d'eau avaient tracé de légers sillons sur ses joues rougies par l'émotion. Une émotion qu'il avait lui-même suscitée et qu'il ne demandait qu'à provoquer encore et encore.

Contre toute attente, elle fut la première à parler et ses mots ne furent pas tendres, plutôt menaçants :

— Si tu t'enfuis maintenant, je te promets que ce sera terminé avant même d'avoir commencé.

Il la serra, lui permettant de poser son menton sur son épaule alors qu'elle gardait ses poings serrés sur son haut d'un blanc immaculé, craignant qu'il ne s'échappât à nouveau.

— Peu importe ce qui va arriver. Je ne t'abandonnerai plus. Jamais.

1 3 .

Loin de là, dans sa luxueuse résidence immaculée, Cupidon poussa un petit couinement de joie, avant de sauter sur ses pieds pour danser un twist non pas endiablé, mais d'une ferveur quasiment divine. Il venait d'assister à sa première victoire concernant Célian et Jessica, et n'était pas peu fier de son coup. D'autant que si tout se passait bien, Roméo vivrait une légère désillusion qui le pousserait rapidement dans les bras de sa véritable dulcinée pour la vie.

Tout allait donc pour le mieux concernant le maître des dominos sentimentaux.

D'ailleurs, tout allait aussi dans ce sens pour nos deux tourtereaux, qui s'étaient vite éclipsés pour aller discuter dans l'appartement de la jeune femme. Parce que si l'étape consistant à ne plus nier leurs sentiments était franchie, quelques questions et ajustements restaient encore en suspens.

Ils auraient pu procrastiner, remettre à plus tard et profiter de l'instant présent, néanmoins, c'était trop demander à celui qui bossait pour que les âmes soient réunies et à celle qui craignait fortement de voir son aimé se volatiliser. On se sent toujours mieux une fois les choses fixées. Et puis, l'un n'empêchait pas l'autre. On peut très bien poser les jalons d'une relation solide et stable tout en passant de merveilleux moments. Si, si, c'est vrai.

Une fois enfermés dans ce petit espace plus intime, aucun des deux ne sut plus quoi faire. La gêne n'avait pas été anticipée, et pourtant, elle prenait toute la place disponible. Hésitante, Jess proposa Célian de s'asseoir sur le canapé, ce qu'il s'empressa de faire. En se mangeant le coin supérieur de la table dans le genou.

Maladresse, quand tu nous tiens…

Il faut préciser ici que si les êtres surnaturels sont dotés de capacités hors normes, l'insensibilité à la douleur physique n'en est pas une, en tout cas pour les fées.

Le grognement de surprise et le petit cri de protestation douloureuse qui s'ensuivirent permirent à la tension ambiante de fondre aussi sûrement qu'un lapin de Pâques au soleil. Jessica, toute étonnée, ne put s'empêcher de pouffer avant de venir se poser à son tour sur le canapé, après avoir déposé deux verres de sirop sur le meuble fautif.

— On dirait bien que tu as rencontré une table sauvage, plaisanta-t-elle en songeant que cela lui était arrivé un nombre incalculable de fois, mais avec ses pauvres doigts de pieds.

— En fait, c'est la jungle chez toi, c'est ça ? poursuivit ironiquement l'employé de Cupidon en se frottant l'articulation.

Jessica sourit sans pour autant donner suite à sa réplique. Il en faisait presque un peu trop, preuve qu'il ne savait pas trop sur quel pied danser. Elle le comprenait.

Le silence revint, moins lourd cependant que le précédent. Il se décida finalement à prendre sa main dans les siennes, sans ajouter une parole.

— Je crois que j'ai du mal à réaliser, avoua la jolie blonde en levant les yeux vers lui. Sommes-nous vraiment…

— Ensemble ? s'enquit-il, provoquant un hochement de sa part à elle. Tu en doutes ?

— C'est possible, entre une fée et une humaine ? Entre une fée et sa partenaire ?

— Jess, c'est Cupidon qui a orchestré tout ce cirque, alors oui, c'est possible.

— Il est fort, commenta-t-elle.

— Merci du compliment ! lança la statuette de l'ange sur la table.

Il n'avait pas bougé depuis la dernière fois, hormis de quelques centimètres suivant les aléas du chiffon à poussière.

— Ça vous dérangerait de vous annoncer, comme tout le monde ? lui reprocha Jessica, qui avait violemment sursauté.

— Ce serait moins drôle, admit calmement l'angelot. Et puis, ça enlèverait de la saveur à nos rencontres, je trouve.

— Que nous vaut le plaisir, chef ? poursuivit Célian, habitué au caractère peu commun de son supérieur.

— Celui de savourer le travail bien fait et peut-être de répondre en passant à une ou deux questions, si vous en avez. J'aime bien anticiper.

Le nouveau couple échangea un regard à la fois interrogatif et amusé. Qui allait débuter les hostilités ?

— Pouvons-nous réellement être ensemble ? questionna enfin Jessica.

— Je ne vois pas pourquoi ce ne serait pas le cas.

— Devons-nous nous cacher ? poursuivit Célian avec pertinence.

— Non, mais à terme, l'un de vous va devoir choisir sa condition.

Moment de silence qui résuma entièrement l'incompréhension des deux jeunes gens. L'être surnaturel craignait de comprendre, la belle blonde se noyait dans le flou le plus total. Cupidon soupira et réexpliqua tranquillement :

— Une fée et une humaine, deux conditions différentes. Le seul moyen pour que vous puissiez vivre pleinement votre histoire est que l'un de vous accepte de devenir ce que l'autre est. Donc que Célian devienne humain ou que Jessica se transforme en fée.

— C'est possible, ça ? s'étonna franchement le blond.

— Puisque j'en parle, obtempéra l'être céleste.

— Ben merde alors, lâcha Jess après un instant.

— Tant que le Partenariat n'est pas terminé, aucune transformation n'est possible. Le contrat vous protège de tout changement de ce genre et vous permet de vivre une relation privilégiée. En dehors de ces liens puissants entre une fée et un être humain, une barrière existe entre les deux conditions et vous empêche de vous retrouver. Passé le 14 février de l'année prochaine, vous ne pourrez plus vous voir, la mémoire de Jessica lui fera elle-même défaut et cette fois-ci, je ne pourrai rien pour inverser le processus.

Inutile d'ajouter que les deux se laisseraient mourir de chagrin, puisque les êtres surnaturels ne pouvaient vivre sans leur âme sœur une fois qu'ils l'avaient découverte et que sans ses souvenirs, le cœur de la jeune fille perdrait ses raisons de battre.

Ils avaient donc jusqu'à la prochaine Saint Valentin. Auraient-ils assez de quelques mois pour décider de qui devrait renoncer ?

— Contentez-vous de vivre ce qui est à votre portée pour le moment, les tempéra rapidement Cupidon. Le bonheur n'est pas loin, surtout quand on évite de trop se projeter. D'ailleurs, je vais vous faire un cadeau. Bonheur sera le constant rappel que vous devez savourer chaque seconde ensemble.

Bonheur ? s'interrogea Jessica.

Quelle bestiole va-t-il encore..., débuta mentalement Célian.

L'instant d'après, une petite peluche en forme de dragon violet et beige apparaissait sur la table basse, dans un nuage de paillettes blanches. Courtes pattes, petites ailes, grosse tête mais mignonnerie incarnée. La jeune femme se sentit fondre, mais se garda bien de s'en approcher, pressentant le truc louche.

Elle fit bien, puisque deux secondes plus tard, la peluche prenait vie sous leurs yeux et se mettait à grogner et à émettre de petits couinements comme si elle avait été droguée à l'hélium. Ses microscopiques canines dépassaient de sa gueule à peine entrouverte et ses membres antérieurs sans découpe battaient un peu l'air pour l'aider à rester en équilibre.

— Piotr a trouvé amusant de me ramener un petit souvenir de Cracovie, la dernière fois qu'il a dû savonner sa protégée. Les Polonais croient qu'un dragon se balade dans la ville. S'ils savaient, les pauvres.

La remarque laissait clairement entendre qu'il n'y avait pas qu'un reptile cracheur de feu dissimulé dans la cité. Voilà qui avait de quoi laisser songeur !

— Bref, je vous laisse Bonheur. Prenez-en soin et profitez, vous avez le temps.

La statuette redevint immobile, tandis que le dragonnet, lui, sautait en bas de la table pour venir renifler les pieds de ses nouveaux maîtres.

— Tu te rends compte qu'un jour, l'un de nous dira naturellement « Va chercher Bonheur » ? murmura Célian d'un air désabusé en contemplant la peluche haute d'une quinzaine de centimètres.

— Raaaou ! lui répondit le concerné en se frottant à sa jambe.

Jessica éclata de rire en songeant que jamais elle n'aurait imaginé que sa journée pût à ce point déjanter.

14.

Par la suite, Célian et Jessica restèrent longtemps sans parler, ne sachant quoi penser et encore moins quoi dire. Si Bonheur avait assuré une détente provisoire de l'ambiance, Cupidon avait quand même lancé un pavé dans la mare et les ondes atteignaient finalement le rivage.

Renoncer…

Ils savaient tous les deux qu'ils le feraient. Mieux valait renoncer à une partie d'eux-mêmes qu'à l'amour qu'ils partageaient. Pouvait-on cependant exister en retirant un morceau de son être ? Leur amour en était un, leur identité et leur condition d'humaine ou de fée en était une autre. Serait-ce encore la même chose ensuite ? Leur couple tiendrait-il la route ?

Ce fut la préparation du repas qui leur permit de se délier. Célian cuisinait rarement, et la confection d'une simple fournée de crêpes tourna au gag grandeur nature. D'abord, il fallut empêcher

Bonheur de grignoter le pantalon de Célian, puis tous les tissus à sa portée… avant de secourir la fée qui donnait l'impression qu'il allait se noyer dans le saladier tellement il luttait pour tout mélanger. L'apothéose du spectacle fut lorsqu'il crut pouvoir épater sa bien-aimée en ayant recours à ses pouvoirs, comme il avait vu certains de ses collègues le faire pour des réunions informelles. La crêpe alla frôler le plafond, avant de s'éclater sur le museau du dragon en peluche, qui baragouina de façon aiguë en battant l'air de ses toutes petites pattes. La vision avait tout de comique, bien plus encore lorsque Bonheur avança à l'aveuglette et buta dans le pied de la table à manger.

— Moooowh ! se plaignit-il doucement.

Sans cesser de rire, Jessica se baissa pour le ramasser et lui nettoyer la tête. Bientôt, le dragonnet rembourré se mit à ronronner, à compter qu'un ronronnement pût se rapprocher d'un gloussement largement plus prononcé.

— Pauvre bête, s'amusa la jeune femme en le grattant sous le menton.

— Tu as déjà oublié ses bêtises ? s'offusqua Célian.

— La surprise de tes compétences culinaires a largement effacé ses exploits, le nargua-t-elle.

— On se calme, belle effrontée, ou nous mangerons des crêpes au fromage sans crêpes !

— Ah non, sinon je crie au scandale ! assura-t-elle avec malice.

Bonheur ne put s'empêcher d'approuver d'un éternuement tonitruant. Heureusement qu'il ne crachait pas le feu…

— Tu ne crieras rien du tout, hormis que tu ne peux plus te passer de la fée géniale que je suis, fanfaronna-t-il.

— Je n'ai pas besoin de crier ça.

— Et pourquoi ?

— La vérité ne se crie pas, elle s'avoue doucement pour s'imposer pleinement.

Déstabilisé, Célian finit par se rapprocher avec un sourire tendre. Avec Jessica, on jouait sur tous les registres. On pouvait rire et redevenir sérieux juste après, avec un naturel incroyable. On vivait la complexité de l'âme humaine avec une grande simplicité.

L'âme d'une fée était moins contrastée. Moins encline aux doutes, ses facettes n'en restaient pas moins nombreuses, seulement plus franches. Si une fée aimait, son sentiment faiblissait rarement. De même, si elle haïssait, peu de choses pouvaient la faire changer d'avis, bien qu'elle sût se remettre en question. En résumé, si les humains voguaient plus en eaux troubles, les fées, elles, se caractérisaient par leur permanence.

Célian et Jessica semblaient pourtant deux exceptions : Jessica avait plus d'assurance et d'équilibre que beaucoup de ses pairs, malgré des expériences difficiles émotionnellement. Célian, quant à lui, était plus sensible aux divagations de l'âme, traversant parfois des marées agitées dans ses pensées, bien qu'une fois qu'il eût décidé quelque chose et mis la situation au clair, sa permanence faisait honneur à sa condition surnaturelle.

Ils entrelacèrent leurs doigts et se regardèrent dans le fond des yeux. Être ensemble était une joie qu'ils ne parvenaient pas à réaliser, et même si aucun ne pouvait s'empêcher de songer aux propos de l'ange, l'instant présent avait plus de valeur et d'importance que le lendemain.

— J'ai l'impression d'avoir attendu une vie entière pour vivre ces instants, avoua la jeune femme. Tout est encore à écrire, je le sais bien… mais savoir que j'ai rencontré celui qu'il me faut et que tu es là, avec moi… c'est aussi grisant qu'effrayant.

— Effrayant ?

— Je t'ai attendu, Célian. Et ma très longue prière a été exaucée.

Il comprit alors où elle voulait en venir. Avoir conscience de cet engagement, de cet espoir qui devenait réalité prenait des dimensions incroyables, et les entrelacs dans son ventre en témoignaient aussi. Ils touchaient du doigt l'immensité de l'univers par l'innocente magie du cœur et cela avait de quoi retourner plus d'un être.

— Grrrrooooaaaaou ? risqua le dragonnet violet.

— Et lui, tu l'as attendu ? plaisanta la fée pour échapper à cette grandeur, sans pour autant se soustraire à ses propres sentiments.

— Pas vraiment, mais je sens que notre cohabitation va donner !

15.

— Enfile un pull, nous sortons, annonça-t-il après le repas.

— Quoi ? Mais où ? l'interrogea Jessica.

Elle avait finalement décidé de reprendre le chemin des fourneaux et avait surtout empêché Célian d'approcher leur pitance de la soirée. Il avait en revanche nourri le fauve qui n'en était pas un avec de vieilles chaussettes trouées qu'il avait semblé apprécier. Plus qu'à prier pour qu'il ne vînt pas grignoter celles rangées dans les tiroirs... à vue de nez, il en paraissait largement capable !

Avec le sourire de celui qui se satisfait de son petit effet, la fée détermina :

— À la Grotte aux Poukoums.

— Tu veux dire aux Loukoums ? questionna la jeune blonde.

— Non, non. J'ai bien dit Poukoums.

Après quelques minutes et de longs froncements de sourcils pour elle, le nouveau couple se téléporta dans un endroit baigné de lumière… bleue ou verte. À moins que ça ne fût violette. Sûrement un peu des trois, en fait.

Plusieurs secondes furent nécessaires à l'humaine avant qu'elle ne recouvrît une vue nette et que son esprit parvînt à assimiler ce qu'elle avait devant le regard.

Effectivement, ils se trouvaient dans un endroit où pendaient des stalactites, tentant de rejoindre des stalagmites. Pourtant, jamais encore Jessica n'aurait imaginé que le tout pourrait être fait de miel cristallisé. Les couleurs devenaient encore plus surréalistes, ce ne fut toutefois rien à côté des petits personnages qu'elle vit surgir à moins d'un mètre d'elle, lui arrivant au maximum au bassin et la détaillant… avec des yeux de cartoon.

— Je te présente les poukoums. Et là, par terre, avec la queue en tire-bouchon… c'est un truut. Tu as de la chance, ils sont plutôt rares, en ce moment !

Célian avait d'abord désigné des êtres qui ressemblaient comme deux gouttes d'eau à des bonbons fraise assez mous que tout le monde (ou presque) appréciait terriblement, arborant des yeux de dessins animés et surtout, de petites roues qui leur permettait de se surélever du sol et de voyager où bon leur semblait.

— Ils ont des…

— Oui, des roues. Les plus jeunes n'ont que des petites roues, et les adultes des roues plus grandes. Il faut qu'ils se penchent en avant ou en arrière pour tourner, et ce sont des pros en matière de manœuvres. Ah, et tu as les chefs de clans qui, eux, possèdent des roues motrices pour indiquer leur rang social. L'Extra Poukoum a même des phares, si tu veux savoir, expliqua posément Célian.

Si je n'avais pas ces bestioles en face de moi, je jurerais qu'il se fout de moi. Et pourtant…

Un poukoum s'avança, suivi de deux autres. Ils possédaient tous trois des roues motrices et la détaillaient avec curiosité, cherchant le moyen de l'aider. La fée lui apprit qu'ils ne parlaient pas, en revanche ils comprenaient tout très bien et savaient en général se faire entendre par des moyens détournés.

— Ils peuvent user de télépathie ou noter sur le sol ce qu'ils désirent exprimer, continua-t-il.

— Et là, c'est un…, hésita-t-elle.

— Un truut. Beaucoup plus récent et lent que les poukoums, mais très sympathique, lui assura-t-il. Cette race est aussi muette.

Elle se baissa et contempla la flaque qui la fixait de ses grandes pupilles dilatées. Elle était marron, opaque, et seuls deux yeux se distinguaient sur sa surface, en dehors des deux oreilles de lapin et de la queue de cochon qui en émergeaient. D'ailleurs, la seconde frétillait d'impatience, comme si le truut n'espérait qu'une caresse de la part de la jeune femme.

Nous vivons dans un monde de dingue, songea-t-elle pour la énième fois.

— Je peux ? questionna-t-elle en pointant la créature.

— Seulement les oreilles, la prévint-il. Le reste est collant de miel.

Jess acquiesça et effleura doucement les poils soyeux de la nouvelle bébête qu'elle découvrait. Chaque jour semblait avoir pour vocation de repousser les limites de sa raison, des fondements de son existence. Était-ce à dessein ? Fallait-il ceci pour aimer Célian ? Se dépasser toujours plus ? Essayait-il déjà de la convaincre de devenir une fée ?

Le truut lui renvoya un regard innocent et un poukoum vint se frotter contre elle, comme s'il venait la renifler ou la réconforter pour la stabiliser. Elle leva ensuite les yeux vers son bien-aimé et lut dans ses iris qu'il n'avait ouvert les portes de ce sanctuaire que pour lui présenter un peu plus son propre monde. Il voulait tout partager avec elle, et ça passait pour lui par la découverte des lieux d'exceptions qui jalonnaient son univers.

Et elle… qu'aurait-elle à lui partager ? Arriverait-elle à lui transmettre tout ce qu'elle considérait d'exceptionnel dans son propre univers ? Ne connaissait-il déjà pas tout ? À en croire sa démonstration aux fourneaux… pas vraiment.

Alors elle le surprendrait par le quotidien. Et elle se laisserait surprendre par l'exceptionnel… et ça commençait là, au contact de ces bidules extraordinaires.

16.

Célian et Jessica revinrent plusieurs fois au milieu des poukoums et des truuts, durant l'année permise. Ils s'y rendaient pour revenir à des préoccupations plus simples, pour retrouver le sourire, l'union qu'ils oubliaient parfois, et tout simplement pour avoir affaire à des êtres totalement dénués de sens logique. Il faut dire que discuter des bienfaits des choux fleurs avec des bestioles ressemblant à des fraises tagadou avait de quoi faire rêver. Non, mais vraiment, je vous assure !

Si Jessica parvint à transmettre à Célian son amour de la vie et des choses bénignes qui jalonnent le quotidien des humains ? Assurément. Lorsqu'ils se retrouvaient, cuisiner devenait un moment de partage qu'ils n'auraient en aucun cas désiré manquer. Les restaurants ne firent en aucun cas fortune avec eux, et il y eut encore plusieurs épisodes mémorables concernant l'apprentissage culinaire de la fée. Les pompiers faillirent un soir débarquer parce qu'ils avaient tenté une recette flambée.

Elle lui fit profiter des balades dans des lieux légèrement cachés ou redécouvrir Paris quand on aime la ville malgré ce qui peut l'enlaidir. Ils goûtèrent chaque instant, se disputant parfois, se réconciliant toujours. Jamais ils ne franchirent le pas, préférant se réserver, essentiellement parce qu'encore une fois, chez les fées, les actes de cette portée avaient une signification tellement plus importante et sacrée que chez les humains. Cet accord convint parfaitement à Jess, qui s'apercevait elle aussi du trésor qui lui était offert de pouvoir vivre et attendre en compagnie de celui qu'elle aimait et aimerait jusqu'à la fin, si tant était qu'il y eût une fin.

Après une longue discussion, ils décidèrent de garder leur relation secrète pour leurs proches. Bien que les fées fussent au courant de la situation et que l'entourage de Jessica ne fût pas aveugle aux changements qui s'opéraient chez la jeune femme, ils réussirent à convaincre tout le monde qu'il faudrait patienter. Tant que tout ne serait pas posé et déterminé, ils voulaient profiter, ne rien imposer et surtout… rester égoïstes pour ne pas se partager avec d'autres.

Il est vrai qu'aucun d'eux n'oubliait qu'un jour viendrait où il faudrait choisir. Ils en parlaient à cœur ouvert, parfois appréhendant la réaction de l'autre, avant de s'apercevoir qu'ils évoluaient la plupart du temps dans une dynamique d'écoute et de compréhension mutuelle qu'ils n'auraient jamais pu anticiper. Il y avait cependant quelques dérapages, comme ce soir-là, qui pourtant avait commencé de façon si douce et séduisante.

— *L'amour c'est toi, l'amour c'est moi, l'oiseau c'est toi, l'enfant c'est moi...*[5], chantonna Jessica, qui ne parvenait plus à se séparer de cette chanson après l'avoir écoutée une fois à la radio.

— Tu es belle, quand tu chantes, déclara Célian en l'observant à la dérobée, tout en coupant des concombres afin de réaliser une salade estivale.

— Parce qu'autrement je suis moche ? le tança-t-elle ainsi que toutes les femmes savent le faire avec les hommes.

— Tu sais bien que non, charmante canaille, répondit-il d'une voix suave. Tu es et seras toujours la plus belle, quoi que tu fasses.

— Les fées le sont sûrement plus que moi, répliqua-t-elle en haussant les épaules.

---

[5] *L'Oiseau et l'Enfant*, Marie Myriam. Single : 1977.

— Peut-être, mais je n'en suis pas amoureux.

— Et tu m'aimerais encore si je devenais l'une d'elles ? questionna la jeune blonde.

L'interrogation avait beau être lancée sur un ton anodin, comme si elle demandait le temps qu'il allait faire le lendemain, elle se la posait depuis un long moment. Quant à Célian, qui n'avait rien vu venir, cette demande avait tout de stupide.

— Bien sûr que oui, ma douce, énonça-t-il avec ce qui sembla être de l'agacement à sa compagne.

À leurs pieds, flairant la tension qui aboutirait à une dispute, Bonheur posa ses deux pattes sans griffes sur ses yeux et miaula d'un ton plaintif. Avec un peu de chance, ça détournerait leur attention du conflit qu'ils s'apprêtaient à…

— Tu songes sincèrement à devenir une fée ? poursuivit-il.

Il s'agissait d'une question qu'il se posait aussi depuis un moment. S'ils avaient envisagé les deux possibilités, aucun n'avait encore émis d'avis ou de penchant concernant le choix à effectuer. Ils se bornaient à imaginer ceci ou cela, en surface, de crainte d'aborder quelque chose de trop sensible. Avaient-ils passé un cap ? Étaient-ils prêts à en discuter ? Existait-il seulement un moment idéal pour ce genre de dialogue ?

Comme elle ne répondait pas, il insista :

— Tu penses réellement à abandonner ta famille, ton quotidien, ton humanité ?

— Je pense à notre avenir, Célian, rétorqua-t-elle, se sentant démunie.

— Je ne veux pas que tu laisses tout derrière toi pour moi.

— Et je devrais exiger que tu fasses l'inverse ? Ça n'a pas de sens.

— Jessica, je ferais n'importe quoi pour toi, même me transformer en truut, et tu connais ma considération pour ces machins.

En effet, même s'il appréciait passer du temps en leur compagnie, Célian n'avait jamais caché son opinion les concernant : il les trouvait particulièrement inutiles et bêtes, bien que très mignons, drôles et relaxants.

— Nous partageons le même amour, lui rappela-t-elle. Si je dois tout quitter pour te garder, alors je le ferai, c'est tout, quitte à devenir une fée. Il y a des destins pires à accepter, que je sache !

— Tu as conscience que tu ne pourrais plus jamais avoir de contact avec ceux que tu aimes ? continua-t-il, se battant avec ses propres émotions.

Il l'aimait tellement, et il savait qu'elle souffrirait de cette situation, alors comment lui faire comprendre ? Et elle, elle ne souhaitait qu'être avec lui, quitte à accepter n'importe quel sacrifice – pourvu qu'il fût encore là pour la consoler ensuite –, comment pouvait-elle lui faire entendre raison ?

— Oui !

— Je crois que tu ne réalises pas…, débuta-t-il, incertain.

— Je crois que tu ne veux pas réaliser, trancha-t-elle froidement.

Comme il lui faisait face en silence, elle développa sa pensée, laissant les larmes s'amonceler au bord de ses paupières avant de glisser lentement sur ses pommettes réchauffées par l'émotion.

— Tu ne veux pas réaliser que nous aurons un sacrifice à effectuer, mais que c'est un mal pour un bien. Tu ne veux pas réaliser que je t'aime au point de tout abandonner, non pas sans aucun regret, mais en pleine conscience de mes actes. Tu ne veux pas réaliser que notre amour dépasse chacune des limites que le monde peut imposer. Tu es bloqué, effrayé…

— Stop.

Elle avait raison. Elle avait tellement raison. Quel comble pour une fée ! Quel comble que de se faire dire qu'on ne croyait pas assez en l'amour que pourtant on ne cessait d'éprouver. Célian avait dès le départ eut de la difficulté à croire que Jessica pouvait éprouver la même chose que lui. Arriver à la conclusion qu'ils n'étaient que des miroirs l'un pour l'autre – se renvoyant sans cesse un amour équivalent et sans bornes – lui demanderait sans doute encore du temps. Il avait peur, oui, parce qu'encore une fois, lorsqu'un être doté de raison contemple le vide ou l'immensité de l'univers d'une quelconque façon, il a tendance à reculer, à changer de perspective pour ne plus avoir peur du vide. Et le tournis était puissant. Jessica n'en avait pas cure. Célian, si.

— Je... je... pardon, balbutia-t-il avant de disparaître, économe en main, dans son bruit habituel de harpe, légèrement désaccordée.

Il lui faudrait du temps pour assimiler... pour accepter, pour affronter le vertige main dans la main avec celle qu'il ne désirait jamais perdre. Mais du temps, ils n'en avaient pas indéfiniment. Et chaque seconde était précieuse.

— Allons-nous y arriver ? chuchota Jessica, avant de prendre Bonheur contre elle afin de sentir son ronronnement comique capable de l'apaiser.

Elle rangea ensuite la cuisine, et partit se coucher sans avoir dîné. Elle n'avait plus faim. Elle s'endormit au son des respirations et des ronrons du petit dragon, auquel elle s'était tellement habitué qu'elle ne pouvait plus s'en passer. Elle ne pleura pas, s'inquiéta seulement.

Célian réapparut dans la nuit. S'allongeant près d'elle, il la serra contre lui et enfouit son visage dans son cou, comme pour y puiser la force de continuer.

17.

Ainsi que cela a été mentionné plus haut, rares furent les occasions de discorde telles que décrites précédemment. À dire vrai, Célian finit par totalement accepter l'idée que Jessica pût devenir une fée de son plein gré.

N'allez pas ici croire que Célian n'avait pas envisagé sérieusement de son côté d'abandonner sa condition de fée. Bien au contraire, tous deux s'étaient cependant vite aperçu qu'il n'était pas fait pour être humain, malgré toutes ses protestations. Jessica lui avait même avoué un jour qu'elle craignait que ses pairs ne le broyassent. Il avait fallu au moins deux semaines pour que le protecteur n'en vînt à admettre qu'elle avait peut-être raison. Pourtant, Dieu seul savait à quel point il aurait voulu lui épargner d'avoir à plonger elle-même dans ce sacrifice, cet abandon qui coûtait tant ! Jessica n'avait eu de cesse de le tranquilliser, de lui assurer qu'elle faisait son choix en connaissance de cause et qu'elle espérait bien continuer à lui faire redécouvrir la magie du quotidien, même lorsqu'elle serait une fée. En résumé, c'était décidé, et il n'y avait plus qu'à attendre.

Les humains peinent pourtant à attendre. La patience n'est pas forcément leur première vertu, surtout lorsqu'il est question d'amour. Aussi, pour avoir l'impression d'avancer, d'écourter le temps qui les séparait encore de la Saint Valentin, Jess décida-t-elle de commencer à faire son deuil de sa relation avec son entourage. Elle sortit moins, s'investit moins dans ses amitiés, sans pour autant cesser d'aimer ceux qu'elle avait toujours côtoyés. C'était dur, c'était douloureux, et pas sans difficultés. La fée devait souvent la consoler et sentait son cœur se briser un peu plus à chaque larme versée.

Il y en eut un sacré paquet. Heureusement que l'expression « briser le cœur » n'avait rien de littéral, faute de quoi Célian se serait retrouvé avec des miettes en lieu et place de battant.

Cette soirée-là, toutefois, ce fut plus violent. Jessica était seule avec sa mère, qui avait décidé de s'inviter chez sa progéniture dans l'espoir de comprendre ce soudain manque d'enthousiasme. La jolie blonde avait toujours été pleine de vie, attachante et amusante. Ces derniers temps, elle n'avait été que passive et légèrement triste bien que souriante. Comme une mère sent les non-dits aussi bien qu'un chat flaire le thon, elle ne s'en laissa pas compter et Jessica, sachant très bien à quoi s'en tenir, décida de ne rien dire.

Ainsi qu'on peut s'en douter, le ton finit par monter. L'une parce qu'elle n'obtenait pas ses réponses, l'autre parce qu'elle ne voulait pas les donner. La mère claqua la porte du logis de Jessica, pleurant tout ce qu'elle savait, abandonnant ainsi la jeune femme totalement chamboulée. La fille avait beau savoir que sa mère s'inquiétait réellement pour elle, elle ne pouvait ignorer qu'elle le faisait surtout pour la faire culpabiliser. C'était malheureusement tout à fait dans son tempérament.

Elles avaient toutes deux une longue histoire d'altercations qui se finissaient toujours en entente retrouvée, mais cette fois-ci, Jessica n'avait pas la force d'amorcer un retour en grâce. À quoi bon ? Bientôt, tout serait terminé. Comment ses proches vivraient-ils son départ ? Elle songea avec angoisse que peut-être, au contraire, elle devrait apaiser toutes les tensions afin de préparer le terrain pour ce changement. Quelle était la meilleure voie à suivre ? Devait-elle tout aplanir ? Devait-elle vivre comme d'habitude jusqu'au dernier instant ? Comment se préparait-on à changer de vie du jour au lendemain ? Elle n'allait pas mourir, mais c'était tout comme !

Elle rangea les deux tasses de thé qu'elles avaient utilisées et se rendit compte qu'elle ne pourrait jamais rester enfermée. Il fallait qu'elle sortît, qu'elle respirât et qu'elle marchât, marchât jusqu'à en avoir mal aux pieds.

Si elle ferma la porte à clefs ? Elle ne s'en soucia même pas. De toute façon, Bonheur était là. Il veillerait sur l'appartement. On ne trouvait pas Bonheur sans en payer les conséquences, il faut en avoir conscience.

Pourquoi ses proches lui compliquaient-ils les choses ? Ne voyaient-ils pas qu'elle tâchait de rendre la séparation moins difficile ? Croyaient-ils qu'elle faisait ça uniquement par envie soudaine ? Mais comment auraient-ils compris sans explication ? Elle les aimait et les regretterait tous, c'était une certitude. Elle avait cependant tranché et elle ne reviendrait pas sur sa décision. C'était l'attente qui la tuait. Ne pas savoir sur quel pied danser avec le monde qui continuait à tourner alors qu'elle se sentait désaxée.

Qu'importait. Pour l'instant, elle avait juste besoin d'air, d'espace et de solitude.

Elle marcha longtemps, perdant la notion des ruelles, de la géographie et des minutes qui s'écoulaient. Elle ressassait, tâchait de se convaincre d'avoir bien fait. En ceci, les humains possèdent une forte ressemblance avec les vaches, vous savez. Ils ruminent beaucoup…

18.

Ce ne fut que lorsqu'elle atteignit le bord d'une mare scintillante au clair de Lune que Jessica s'aperçut qu'elle avait quitté les abords de Paris. Que le lecteur n'aille pas croire qu'elle avait réussi à sortir du périmètre de la métropole à pieds. Cupidon avait encore mis son grain de sel et la jeune femme le comprit immédiatement. À force, on s'habitue aussi à l'exceptionnel.

— Voudrais-tu te confier, mon enfant ? questionna la statue de l'ange dans son dos.

Lui et sa manie de ne pas apparaître autrement que par des objets inanimés ! Un peu plus et elle se serait crue dans la version Disney d'Hercules !

— *Non, non, jamais je ne dirai, non, non...*[6], commença-t-elle sans pouvoir s'en empêcher.

— Plaît-il ? reprit l'être céleste.

---

[6] Chanson extraite du film *Hercules* (1997). Réalisé par John Musker et Ron Clements, Walt Disney Pictures.

Aucun humour, ces surnaturels, aucune référence !

— Laissez tomber, soupira-t-elle.

Un bruit de pierre qui chute retentit et elle pivota dans un sursaut. La statue avait lâché son arc en marbre.

— C'est une expression ! s'exclama-t-elle sans parvenir à croire à l'incongruité de la situation.

— Et ta tête vaut tout l'or du monde, s'amusa-t-il en descendant de son piédestal.

Quoi ? Il était en train de moquer d'elle ?

— Ce truc me pesait trop et entravait mes mouvements.

— Depuis quand avez-vous besoin de bouger ?

— À circonstances exceptionnelles, mesures exceptionnelles. Dis-moi ce qui ne va pas. Si je n'avais pas ouvert ce passage sur le monde féérique, tu serais tombée dans une autre mare beaucoup moins scintillante et plus odorante. Les éboueurs travaillent vraiment à des heures impossibles.

En réponse à cette tirade inattendue, la protégée de Célian observa un peu plus son environnement. Tout était teinté de bleu ou de blanc, sans qu'aucune impression de froideur ne s'en dégageât. La clairière – puisque c'en était une – était parsemée de saules pleureurs et quelques petites étoiles semblaient illuminer l'endroit d'un éclat orange ou rose. Il n'y avait aucune autre source de lumière et cela paraissait suffisant. Une petite brise fraîche entourait le point d'eau, qui lui laissait apparaître des ridules dorées à sa surface. Féérique, c'était bien le mot pour qualifier pareil endroit.

— À quoi bon ? Vous savez déjà tout, tempéra-t-elle finalement en s'avançant sur le bord.

— Tu veux devenir une fée.

Il y eut un silence.

— Oui, admit-elle enfin.

— Bon ! C'est parti. Célian ! appela-t-il en laissant traîner la dernière syllabe. Célian !

— Mais… que ? s'inquiéta la jeune femme.

— Je ne vois pas pourquoi il faudrait patienter encore deux semaines, tu n'espères que ça.

Pas faux.

— Du coup, j'attends ton promis pour commencer. Tu l'excuseras, il est parfois un peu dur de la feuille. Célian !

— Oui, chef ? s'enquit le concerné en apparaissant dans son si habituel et harmonieux bruit de harpe enchanteresse, avant de remarquer sa bien-aimée. Jessica ? Qu'est-ce qui se passe ?

— Il se passe que je vais la changer en fée, expliqua posément l'ange.

Franchement, il avait de quoi marquer les esprits. Ni la fée ni l'humaine n'avaient jamais contemplé de statue de marbre s'animer et le spectacle valait le détour. Lorsque Cupidon bougeait de manière un peu trop sèche, des craquements rocheux se faisaient entendre et on devinait clairement que le manque de souplesse des traits de son visage le contrariait. Sans compter que cette effigie lui conférait d'immenses ailes bien lourdes, de grosses lèvres et des boucles anglaises dont il s'était en vérité débarrassé des siècles auparavant.

Il n'avait qu'une hâte : que la petite soit enfin transformée pour lui apparaître dans un apparat normal. Les formes intermédiaires, ça commençait à bien faire.

— Maintenant ? répliqua la fée en avançant la tête comme une poule.

— Oui.

— Une minute, patron, exigea Célian en prenant sa petite-amie par le bras pour l'emmener un tout petit peu plus loin. C'est vraiment ce que tu veux ? Tu n'auras plus de contact avec…

— Je sais, le tempéra-t-elle en croisant son regard franc et si doux. Mais deux semaines n'y changeront rien. Je deviens invivable !

— Tu exagères.

— Bonheur a essayé de me tirer la langue, argua-t-elle.

Vu que le dragonnet en peluche ne possédait pas d'appendice buccal, ça en disait long sur la situation. Le protecteur adressa un sourire contrit à la femme de sa vie, avant de la serrer contre lui.

— N'écoute que ton cœur, alors. Écoute-le et suis-le.

— Il est auprès de toi. Il a toujours été auprès de toi, rectifia-t-elle avec tendresse.

Il déposa un long baiser sur son front, comme pour lui insuffler le courage d'aller jusqu'au bout. Elle ferma les yeux et se laissa imprégner de sa force, de son amour, se focalisant uniquement sur leur union. Elle inspira une grande bouffée de son odeur fraîche, avant de s'écarter de lui à regret.

Jessica s'avança ensuite à nouveau près de la mare aux ridules dorées.

— Que dois-je faire ? demanda-t-elle tranquillement.

— Laisse-toi aller, lui conseilla l'ange avec calme.

Il leva la main, et l'eau du bassin s'agita, avant de former une rosace illuminée. Quelques traces de pieds apparurent sur le motif complexe mais d'une beauté à couper le souffle, et Jessica suivit le chemin qui venait de lui être tracé. Elle oublia ses craintes, ne songea qu'à l'instant présent. Si Célian restait au fond de son cœur, son esprit était absorbé par l'inédit.

Lorsqu'elle fut au centre, elle entendit le son enchanteur d'une flûte de Pan, qui sembla donner le rythme aux étoiles de la clairière afin qu'elles entourassent la jeune femme de leur aura. Bientôt, ce fut comme si elle était nimbée d'astres lumineux. Jessica sentit une torpeur incroyable l'envahir et elle s'y laissa couler. Ses paupières se fermèrent d'elles-mêmes tandis que ses bras s'écartaient de son corps sans brusquerie. Un courant chaud l'enveloppa, accentuant son impression de confort, avant de se centrer sur ses omoplates. Sa peau fut parcourue de fourmillements et elle sentit un sourire naître sur ses lèvres.

Elle qui avait craint la douleur, elle expérimentait quelque chose de sublime.

Après plusieurs secondes, la torpeur se retira, la chaleur diminua et elle rouvrit les yeux. Récupérant le contrôle de ses membres, elle leva un tout petit peu les mains devant elle afin d'y observer un quelconque changement. Le contact d'une membrane douce et veloutée contre l'arrière de ses coudes la fit violemment sursauter et pivoter. Ce fut ainsi qu'elle aperçut pour la première fois ses ailes de fée.

Des ailes ! Immédiatement, elle tâcha de mieux les apercevoir et couina sans décence au moment précis où elle comprit qu'elle parvenait à les contrôler. Une poussière orangée s'en dégagea, dégageant une odeur de muguet à peine éclot et elle s'en émerveilla.

J'ai des ailes !

Même ses habits avaient changé. Elle qui portait auparavant un long manteau gris sur un col roulé noir et un jean, elle revêtait désormais une longue robe d'un joli vert pastel avec un col en V, pas tout à fait adaptée à la saison. Elle aurait pu avoir froid, ce ne fut pourtant pas le cas.

Et ses ailes, comment étaient-elles réellement ?

Même si elle ne les vit que plus tard, le lecteur apprendra que ses extensions magiques ressemblaient à celles d'un papillon : plus on se rapprochait de sa peau, plus la couleur avoisinait le rose pastel, et plus on s'en éloignait, plus le tout se fondait dans un vert d'eau charmant, terminé par un liseré noir scintillant.

Clochette n'avait qu'à bien se tenir, parce que de toute façon, elle ne ferait pas le poids.

Impatiente, la jeune fée se tourna vers son bien-aimé et le trouva tous sourires, l'œil brillant. Elle nota ses propres ailes, qu'elle n'avait pourtant jamais vues ou touchées malgré leur proximité. Elles ressemblaient aux siennes, mais partaient d'un bleu presque violet pour s'éclaircir en un blanc luminescent, apaisant, terminé par un liseré d'argent.

Et, croyez-le ou non, celui qu'elle n'avait eu de cesse de comparer à un mannequin – tant sa beauté était époustouflante – s'avérait encore plus sexy et attirant sans le voile de son humanité.

Nom d'un petit bonhomme ! Mais ça devrait être interdit, des mecs comme lui ! Comment on fait pour ne pas leur sauter dessus à la première occasion ?

Visiblement, Célian se posait la même question à son sujet à elle, au vu de l'intensité de son regard.

Elle s'avança lentement sur la rosace qui commençait à moins briller, et se fit la réflexion qu'une autre héroïne de Disney avait aussi marché sur l'eau : Kida dans *Atlantide, l'empire perdu*[7]. Une anxiété soudaine la prit et elle ne put

---

[7] *Atlantide, l'empire perdu* (2001), réalisé par Gary Trousdale et Kirk Wise, Walt Disney Pictures.

s'empêcher de demander à son promis, brisant sans doute une bonne partie du romantisme de la scène :

— J'ai pas les yeux entièrement blancs, hein ?

— Mais de quoi tu parles ? riposta-t-il, désarçonné.

— Laisse tomber, gloussa-t-elle.

Comme la première fois qu'elle avait utilisé cette expression, un nouveau bruit de chute de roches la surprit et elle se retrouva propulsée dans les bras de celui qui avait été son protecteur pendant presque une année.

— Il va falloir que tu apprennes à gérer tes frayeurs, belle enfant, la nargua Célian en la dévorant des yeux et en la serrant plus fort.

— Pas si je finis comme ça à chaque fois, lui assura-t-elle avec un sourire éclatant, s'étant assurée qu'aucun danger ne les menaçait.

Il ne s'agissait à la vérité que de Cupidon qui avait, d'un claquement de doigts, replacé la statue et son arc sur son socle, pour apparaître dans sa glorieuse nature. Il portait un jean clair, un T-shirt blanc et ses cheveux semblaient savamment agencés pour paraître décoiffés. Il n'en paraissait pas moins angélique, ce qui était le but à la base.

— Te voilà désormais des nôtres, Jessica, déclara-t-il une fois qu'elle eût remis les pieds sur terre.

— Merci, Cupidon. Merci pour tout.

— Allez-y, maintenant. Rentrez, nous nous reverrons bien assez tôt, surtout si tu deviens ce que je soupçonne, en tant que nouvelle fée, expliqua l'être céleste avec un rictus amusé. Profitez, et ne vous inquiétez pas, Bonheur vous rejoindra demain matin.

Ils saluèrent celui à qui ils devaient tout, et s'éclipsèrent main dans la main. Aucun des deux ne vit la nouvelle petite danse de la joie qu'exécuta l'ange, une fois sa solitude retrouvée. Cette fois-ci, il emprunta quelques mouvements connus au disco, avant de se téléporter à son tour dans son immense demeure.

19.

Célian emmena Jessica dans son propre logis : une masure de l'univers des fées qu'il lui avait déjà plusieurs fois fait visiter. Cette fois-ci, il la prit dans ses bras et ils entrèrent tous deux dans ce qui serait désormais leur demeure commune. Jess admira l'ensemble naturel, tout de bois comme dans… dans les contes de fées. La pensée la fit sourire, et elle comprima la main de son aimé dans la sienne, une fois qu'il l'eût lâchée. Une cuisine, une chambre, une salle d'eau, un salon… et beaucoup de lumière. Un parfait nid d'amour.

— Ça te plaît ? lui demanda-t-il en passant dans son dos pour la serrer par la taille.

— Depuis le début, lui affirma-t-elle en inspirant profondément. J'ai l'impression d'avoir trouvé ma place.

— Je sais que tu n'accepteras aucun remerciement, douce créature, aussi je me contenterai des seuls mots que tu veux entendre…, murmura-t-il à son oreille, la faisant violemment frissonner. Je t'aime, mon amour.

Elle pivota, passa ses bras autour de son cou sans qu'il ne se détache d'elle, et, tout en plongeant son regard dans le sien, elle chuchota à son tour :

— Je t'aime aussi, amour.

L'air sembla s'électriser en une seule seconde et l'attraction fut plus forte que jamais, si bien qu'aucun des deux ne put plus lutter contre la pulsion qui les unit. Leurs lèvres se rencontrèrent, leurs souffles se mêlèrent et leurs cœurs se mirent à battre au même rythme.

Les fées ne prodiguent jamais de gestes d'amour sans ressentir ce dernier au plus profond de leur être. Ils ne connaissent aucun partenaire intermédiaire, seulement un partenaire éternel. Jessica comprit enfin pourquoi il en était ainsi : la danse de leurs deux battants sembla se synchroniser pour les assembler et en faire une paire indissociable. Désormais, ils battraient quasiment à la même fréquence, liés l'un à l'autre d'une façon que l'homme ne pourra jamais saisir.

Plus rien ne les séparait, plus rien ne les séparerait jamais.

Parfaitement conscient que la situation était dorénavant toute autre, Célian souleva sa bien-aimée, qui croisa les jambes dans son dos pour se maintenir, tout en souriant contre ses lèvres. Ils entrèrent dans la chambre et le protecteur l'allongea avec une douceur infinie. Il sema quelques baisers dans le creux de son cou, avant de chuchoter à nouveau près de son oreille, dans une sensualité affolante :

— Veux-tu m'épouser, Jessica ?

— Je crois bien que oui, Célian, lui retourna-t-elle, le souffle coupé.

La suite de leur nuit ? Aussi envieux que soit le lecteur de la découvrir, il devra se contenter de l'imaginer, voire tout simplement de s'en passer, puisque le battant de la chambre se referma pour préserver leur intimité.

Ainsi devait s'achever l'histoire de deux âmes liées par un Partenariat que personne n'aurait pu imaginer. Une fée et une humaine, un protecteur et une protégée, l'un apprenant à aimer, l'autre n'y croyant plus avant de le rencontrer.

20.

Lorsque Cupidon ramena Bonheur chez Célian et Jessica, la peluche avait connu une certaine… évolution. Effectivement, si le dragonnet restait un dragonnet à l'intérieur du périmètre de la masure, il se transformait en puissant dragon long et fin une fois qu'il en était sorti. Avec langue, griffes, rugissements et *tutti quanti*. L'ange lui avait même accordé le don de parole, ce qui fit mourir de rire Jess, puisque Célian eut le malheur de lui demander dehors qui il était.

La question était légitime : passer d'une peluche toute douce et inoffensive de vingt centimètres maximum à une créature mythique et féroce mais majestueuse de vingt mètres quand elle était entièrement déployée avait de quoi perturber.

— Qui je suis ? Qui je suis ? Je suis le gardien des âmes perdues, je suis le très puissant, le très agréable, le très indestructible… Bonheur, avait alors répondu le concerné en présentant ses belles canines bien affutées.

Apparemment, Jessica s'était refait tous les Disney en présence de son minuscule compagnon et ce dernier avait développé une fascination sans limite pour son compère Mushu dans *Mulan*[8]. Voilà qui promettait.

La nouvelle fée devint une fée de Cupidon, comme son bien-aimé. Elle tâcha à son instar de faire retrouver la foi en l'amour à ceux qui ne l'avaient plus, et qui osaient insulter son patron le jour fatidique de la Saint Valentin. Elle y réussit promptement, de la même façon que celui qui partageait sa vie. Bonheur l'aidait souvent dans ses entreprises, d'autant plus qu'elle s'amusait à parcourir le monde en sa compagnie lorsqu'elle n'était pas chargée d'un Partenariat.

Elle veilla de loin sur ses proches, qu'elle visita pour une dernière entrevue de laquelle ils gardèrent un souvenir tendre mais très flou. L'occasion pour elle d'effectivement aplanir ce qui devait l'être, et de rassurer ceux qui en avaient besoin. Ils savaient qu'elle était là, toute proche, et pourtant si lointaine.

---

[8] *Mulan* (1998), op. cit.

Tous aboutirent à la conclusion qu'elle s'était enfuie avec un espion ou un agent gouvernemental. Les humains ont bien peu d'imagination, quand il s'agit de trouver une explication…

L'amertume que Jessica aurait pu ressentir fut balayée par le fait qu'elle pouvait œuvrer pour eux dans le secret, parsemant leur quotidien de bonheur et d'amour, par petites touches. C'était toujours mieux que rien.

Dans le monde féérique, ils vécurent tous heureux longtemps, si longtemps que même la narratrice de cette histoire ne saurait vous dire jusqu'à quand exactement, attendu qu'il se pourrait bien que cette félicité-là n'ait jamais de fin.

En revanche, cette même narratrice se permet de vous rappeler que l'amour existera toujours, même dans les mauvais jours. Les occasions de chute sont nombreuses, les erreurs aussi, mais ce ne sont pas elles qui devront déterminer nos vies. Comme Célian et Jessica, nous sommes tous appelés à trouver l'amour, sous toutes ses formes, et à le prodiguer autour de nous pour rendre le monde plus beau, plus vivable. Il ne tient qu'à nous d'aller plus loin que nos blessures pour écouter nos cœurs et transformer nos journées en rêves éveillés.

Quant au véritable amour, si vous ne l'avez pas encore trouvé… en attendant que Cupidon veuille bien se réveiller… dites-vous que cela ne coûte rien d'espérer.

SCÈNE BONUS

Deux ans plus tard.

« Il a encore oublié ! Cette fois-ci, c'est décidé : je demande le divorce ! »

L'ange lança un regard blasé à sa protégée. Cette dernière sourit, à la fois amusée et contrite.

« Connard de Cupidon ! Si tu n'avais pas existé, rien ne serait arrivé ! »

— C'est de famille, les insultes ?

— Faut croire, chef, admit Jessica.

— Tu penses pouvoir…

Elle disparut dans un nuage de paillettes, émettant un bruit de harpe ravissant. Le grand chef s'installa plus confortablement dans son siège et observa la scène qui allait se jouer. Voilà qui promettait !

La fée apparut, faisant sursauter celle qui venait de réclamer la désunion de son couple.

« Voyons, Maman. On n'insulte pas Cupidon le jour de la Saint Valentin ! »

REMERCIEMENTS

Cette histoire a été écrite et publiée sur Wattpad en 2016, sous forme d'épisodes. Elle devait initialement me servir de « vitrine » pour mes autres romans, afin que ceux qui hésitaient à me lire puissent avoir quelque chose à se mettre sous la dent. Puis, constatant le succès que l'histoire a eu (modéré, mais enthousiaste !), j'ai décidé de le retirer en 2019 de la plateforme pour le relire et le publier.

Mes premiers remerciements vont donc à tous ceux qui ont apprécié *Le Partenariat* sur Wattpad, et qui m'ont laissé nombre commentaires, des petites étoiles, et qui se sont intéressés à mes œuvres après cette lecture. Merci de m'avoir suivie dans mes délires (nombreux), je riais une deuxième fois grâce à vous ! Vous m'avez donné confiance en moi et une envie d'aller plus loin avec Célian et Jess.

Cette histoire regorge de références, donc il faut que je remercie Disney, DC Comics (oui, vous aurez compris que K imitait Arrow[9], ou sinon, voilà l'explication !)… et toutes les références qui m'échappent actuellement. Sachez que la légende du dragon à Cracovie n'est pas inventée par mes soins, d'ailleurs (le sous-entendu de Cupidon, en revanche, si !).

Pour les inspirations, je dois aussi remercier pas mal de monde. Dans un passé lointain, la lycéenne puis l'étudiante universitaire que j'étais a pu pondre les Poukoums et les Truuts grâce à Justine Monnoire et Lauriane Huser. On ne redira jamais assez les bénéfices d'un cours de philosophie pour l'esprit, vraiment. C'est aussi pendant cette période que j'ai fait mes premiers essais sur le forum Lecture-Academy, qui m'a valu de faire la rencontre de plusieurs personnes géniales. À l'époque, nous avions décidé de nous projeter dans un monde absolument invraisemblable dans lequel K existait déjà sous forme de gaufrette (hello Karyne !), et Harry Beau existait aussi, mais sous un autre nom et il savait parler. Juicy, c'était moi, et j'étais la reine tyrannique de ce petit monde. Je vous

---

[9] *Arrow* (série diffusée de 2012 à 2020), réalisée par Andrew Kreisberg, Greg Berlanti et Marc Guggenheim.

autorise à me juger, nous n'en sommes plus à ça près.

(Est-il nécessaire que je répète que je n'ai ingéré aucune substance illicite pour écrire cette histoire ?)

Je dois remercier tout mon entourage, qui me suit fidèlement depuis des années dans mes pérégrinations d'écriture. En premier lieu, je tiens à rendre grâce pour mon mari Thibaut, puisque c'est mon Célian, et ma première inspiration en matière de romantisme. Il ne le sait pas, mais il a bien contribué à l'esprit bisounours plein de cœurs guimauves du roman. Je t'aime !

Merci à mes parents, qui m'ont permis d'avoir ces références Disney et autres. Et sûrement pour le grain de folie, apparemment la pomme ne tombe jamais loin de l'arbre. J'dis ça, j'dis rien ! Merci à ma meilleure amie Maïté, qui m'a appris qu'on pouvait très bien développer son grain de folie pour apporter de la joie et du rire. T'es loin, mais j't'oublie pas, petite sœur. Idem pour mon frère, qui s'escrime à trouver les meilleures punchlines et blagues pourries du monde. Peut-être que Cupidon s'inspire un peu de ton humour.

Merci à Anne-Sophie, qui croit en mes écrits avec une ferveur rarement égalée, et qui est devenue stalkeuse première me concernant. C'est flippant !

Merci à Marie-Pierre, qui a pris le temps de relire la première version imprimée de cette histoire pour m'offrir ses remarques. Tes retours sont précieux ! Tes questions aussi ! De fait, la dernière scène du bouquin vient d'une de ses suggestions. J'aime quand vous me faites des suggestions !

Merci à Meridian, qui est toujours partante pour réaliser les idées folles que j'ai en tête, quitte à le faire dans des délais super courts, et qui sait créer de la magie avec peu de choses. Tes couvertures sont tellement belles, merci ! (Allez la voir sur Facebook et Instagram, cette fille est géniale, talentueuse et méconnue !)

Merci à Librinova qui me permet, encore une fois, de rejoindre mes lecteurs. Grâce à eux, j'ai toutes les clefs et je suis mon propre patron, ce qui est quand même assez top, je dois l'avouer !

En parlant de patron, merci mon Dieu pour le don de l'écriture et pour les idées qui me permettent de parler d'Amour, et donc de Toi !

Initialement aussi, dans ce paragraphe, je vous parlais du fait qu'un roman ne vit que par ses lecteurs, quand vous le partagez, que vous en parlez… C'est tout à fait véridique. Mais là, nous sommes le 23 mars 2020 et je n'ai pas envie de vous dire « aidez-moi à faire connaître mes romans », j'ai envie de vous dire clairement : Si vous avez aimé cette histoire, qu'elle vous a permis de rire, de vous évader et que vous pensez qu'elle pourrait avoir le même effet sur d'autres lecteurs... partagez-la. Pas pour moi, pas pour une quelconque notoriété, on s'en fiche, de ça. Mais pour que d'autres puissent respirer et en profiter à leur tour. Nous avons tous besoin de bonne humeur, surtout maintenant, pendant un confinement qui se vit souvent mal.

Dans l'immédiat, je vous envoie tout mon courage ! Je file écrire d'autres histoires peut-être pas aussi comiques, mais inspirantes.

Merci d'avoir lu jusqu'ici ! J'espère qu'il ne restait pas trop de coquilles, que la lecture a été agréable ! Merci de m'aider à faire vivre mon rêve d'écriture. Je vous envoie mille remerciements sucrés et Harry vous salue ! (Bonheur aussi !)

Charlène